寻觅春天的诗行

朱开宝散文集

朱开宝

著

江苏大学出版社
JIANGSU UNIVERSITY PRESS

镇 江

图书在版编目(CIP)数据

　　寻觅春天的诗行:朱开宝散文集/朱开宝著.—
镇江:江苏大学出版社,2020.7(2024.4 重印)
　　ISBN 978-7-5684-1370-1

　　Ⅰ.①寻… Ⅱ.①朱… Ⅲ.①散文集－中国－当代
Ⅳ.①I267

　　中国版本图书馆 CIP 数据核字(2020)第 108561 号

寻觅春天的诗行:朱开宝散文集
Xunmi Chuntian de Shihang:Zhu Kaibao Sanwenji

著　　者/朱开宝
责任编辑/吴小娟
出版发行/江苏大学出版社
地　　址/江苏省镇江市京口区学府路 301 号(邮编:212013)
电　　话/0511-84446464(传真)
网　　址/http://press. ujs. edu. cn
排　　版/镇江文苑制版印刷有限责任公司
印　　刷/北京一鑫印务有限责任公司
开　　本/890 mm×1 240 mm　1/32
印　　张/5.625
字　　数/150 千字
版　　次/2020 年 7 月第 1 版
印　　次/2024 年 4 月第 2 次印刷
书　　号/ISBN 978-7-5684-1370-1
定　　价/48.00 元

如有印装质量问题请与本社营销部联系(电话:0511-84440882)

序

范小青

　　我和朱开宝同志虽见过几面，但交往并不多，记得印象最深的是 2015 年 12 月，江苏省作家协会苏南片会议在镇江召开，开宝作为镇江的领导接待了我们，并陪同我们采风。他儒雅的谈风、对作家热忱谦恭的态度和对文学的一些见解，给我们一行留下了深刻的印象，也一下子拉近了我们的距离。

　　原来，开宝同志青年时代就有个文学梦，并且早就是江苏省作家协会会员，经常发表散文作品，已经出版了几本散文集。他的人生经历丰富多彩，参过军，在县城百货公司干过营业员，在县级机关、乡镇、镇江日报社、市委办公室当过领导，接待我们时，已经是镇江市政协副主席。虽然公务冗杂，但他对文学一直有着难以割舍的情结，始终笔耕不辍。这次，开宝同志又准备将多年创作的散文随笔辑集出版，通过镇江市作协主席蔡永祥找到我，邀我作序，我欣然应允。

　　疫情尚未退去，春天已然如期而至。翻看《寻觅春天的诗行》的文稿，如啜饮雨前新茶，真的是清香甘淳、回味悠长。集中诸多篇什构思轻巧、精短清雅，信笔成章，涉笔成趣，读之有诗情、有画意，也藏几许理趣，有的几近散文诗，氤氲着浓郁的美学气息和人文意蕴。

这里，有作者对山涧古树、老街深巷的低回吟咏，对儿时玩伴、军营生涯的款款追忆，对故园家乡、至亲好友的深情眷念，对清风明月、霜天雪夜的孤独清欢，对人生价值、世态众相的感悟忧思，对英雄人物的礼赞景仰，对贫弱人群的悲悯感佩……在这些文字中，我们能够感受到开宝同志的真性情和对文学的探索追求。修辞立其诚，真实是散文的生命，唯真实才有感染人的魅力、直抵人心的力量。这本散文集的可贵之处就在于写人记事、摹景状物都是有感而发、情真意切，这使得这些文字拥有了自己的独特的品质、味道和风格。

或许是经见了广博的世面和人生历练，为他散文创作提供了广阔的视界和不竭的素材。多年来，他博览约取，且行且吟，将生活中心有所动、情有所感的情与景、与人、与事及时记录成文，在一方精神领地里默默坚持着一分耕耘，这便有了他一篇又一篇饱蘸情感汁液和精神思考的文字，有了《十井巷》《童年记趣》等散文随笔集，也有了这一部散文新集。文学是安顿灵魂的精神家园，文学情怀说到底是一种人文情怀。在我们的政府机关里多一点书香气、书卷气，多一些有文学情怀、有人文关怀的领导干部，并以此影响并引领全民族文化素养的提升，于文学事业的发展、于社会风尚的淳化，都是大有益的，应予大力倡导和鼓励。这也是我愿为开宝同志作序的缘由吧。

是为序。

（序作者为著名作家，江苏省作家协会主席）

滑行在文章脊骨上的绵绵情怀

蔡永祥

开宝兄又要出散文集了，真的为他高兴。作为领导干部，有着这样的文学追求，并且矢志不移，着实令人从内心产生敬意。

说起和他相识，还是因为文字结缘。那时我还在镇江船艇学院工作，经常在报纸杂志发表一些作品，没想到竟得到他的关注。在一位文友的安排下，我们把酒言欢，说起各自的经历、工作和生活，也谈到各自的文学创作。那一次，他给我的印象是，性情爽直、儒雅稳健、幽默睿智。

那时，谁都没有想到，十多年后，我们竟然会从各自的单位都到了镇江市政协，成为同事，他还成了直接分管我工作的副主席。想来，还是冥冥中注定的这份文学情缘。

后来，我们一起出差、交流、谈心的机会多起来，但除了谈工作，我们谈得最多的还是文坛中的人事更迭、文学和创作。

经常，他会把我约到办公室，谈他的一个创作构思，谈他诸多的创作灵感，更多的时候，他会为一个词、一句话纠结良久，并让我帮他再斟酌斟酌。此时的他会沉浸在创作的激情中，诉说他对世界万物的认知，表达他的观点。开宝兄对文字的纯粹与专注、对创作的本真与对文学的挚爱，由此可窥一斑。《巴根草》《磨刀人老王》《那山那水那军营》《脊梁》等篇什，就是这样畅谈以后的作品。

细读开宝兄的散文，总能感到由内而外散发着的绵密情怀。这种情怀，是真情的投入，是心灵的交融，更是对客观事物及自然风物的喜怒哀乐的主观感受。刘勰在《文心雕龙·物色》中说："情以物迁，辞以情发。"说出了外界景物对文学创作的影响，接着又阐明了创作中情与景的关系：一方面心既随物以宛转，另一方面物亦与心而徘徊。这样的心物交融就达到了作品中情景交融的艺术效果。

开宝兄散文集中第一辑"一生好入名山游"中的所有作品，第二辑"缓寻芳草得归迟"中的《小院四季曲》《你好，九月的镇江》等作品，都达到了情中有景、景中生情，情景交融、物我两忘的境界。第三辑"此情可待成追忆"是对军营生活的怀念，对父母、亲人的想念；第四辑"只留清气满乾坤"是满满正能量的家国情怀。这些，都在他不停行走的旅途中，在他不断思索的深刻里，在他不忘初心的追求时，他的身体在场、生活在场、精神在场、本真的个性和强烈的内在气息在场，以或轻盈优美、亦庄亦重的文字，暗藏于流畅的叙述和令人欣喜的灵感之后，从一篇篇短文的内部生发暖流与激情，然后在文章的脊骨上滑行，如血脉在皮肤下的若隐若现，含而不露，藏而不晦，怀揣着人文观照，以拥抱自然、拥抱生活、拥抱生命的情怀，给读者带来共鸣和享受。

散文是灵魂最直接的感受器皿，它总是对世间细微的事物张开敏锐的触觉。开宝兄用心用情用气写作的散文，浸淫着天地日月的精华，经受了大自然风雨的沐浴，最终打磨成一粒粒沙金，是时光的赐予，是智慧的闪光，是情怀的恣肆。

人生如酒自斟酌，文章似茶随调和。真正好的文学作品，对自身是有超越力量的。也就是说，它写了一些景、一些人、一些事，但所表现的却不仅仅是这些景、这些人、这些事，它能使我们感受到更广阔的文化内涵。它好像一个发光体，但这个发光体所能够照亮的范围却是博大的。

从开宝兄的散文中，我看到了他诗意的发现，看到了他字里行间溢出来的乡愁，看到了他对过往诸多人物和事件的怀念，看到了他对人生价值、社会现象的默默感悟，看到了他对曼妙风景的孤独清欢，看到了他对最美旋律的生命弹奏，看到了他对外部世界保持的心灵平衡，看到了他内心的温和、圆润、崇善、通达，这种有着自身精神向度的"发光体"，给人温暖和喜悦。

开宝兄特别喜欢诗仙李白，我特别喜欢他的第一篇《永远的桃花潭》，文章最后的文字，灵动飘逸，激情四溢：

你可以循着诗仙的脚步，吟着自小就背得滚瓜烂熟的诗句，踏着南阳古镇的青石板路，登上"踏歌岸阁"，远眺对岸的怀仙亭，还有那小有名气的万家村。

你可以乘一叶扁舟，在桃花潭中轻轻荡漾，看桃花流水，赏两岸风光，倘若有蒙蒙细雨，则宛如仙境，极易引发思古之幽情。

你可以在当年李、汪饮酒作对的垒玉堆上，邀几位好友，摆几碟小菜，可豪饮，可小酌，也可学学李白，大喝一场，醉卧于彩虹岗，忘却所有不如意、不愉快之事……

在桃花潭，若有闲情逸致，不妨做一回李白。

文字并不华丽，内心的激动并不掩饰，而他不经意间刻画的场景令人向往，以生动精练的语言营造的意境令人向往，对酒当歌的人生态度令人向往。让你恨不得就伴随着这样的文字，仗剑策马，回归田园，诗酒人生。这当是开宝兄散文的魅力所在，这种魅力，源自于自然景观与文化人格的创造，源自于文学的感觉和思考的深度，源自于传统文化和精神风貌的支撑。

写好这篇短文，天已放亮，窗外的麻雀已经开始大声说话，牛奶瓶在门外碰出了声响，生活看起来平静安好。而我知道，此时此刻，世界上还有无数人正在承受着病痛的折磨，正在经历着生死离别，我们的散文也好，诗歌也罢，怎能不介入这个在场？怎能对此漠然无视？真诚祝愿开宝兄再从这个被新型冠状病毒侵扰了的春天出发，用他的古道热肠书写春秋四季，用他的真实笔墨书写生活境况，用他的悲悯情怀书写人间苦难，把文学的风筝放飞到更高更高的山巅。

是为序。

2020 年 4 月 20 日凌晨于天趣阁

（序作者为中国作家协会会员、中国报告文学学会会员、镇江市作家协会主席）

目　录

第四辑 只留清气满乾坤

第一辑　一生好入名山游

——唐·李白

风情桃花潭，浪漫北戴河。山村、夜雨，北固、凤凰。潺潺故乡河，幽幽桂花香。仁者乐山，智者乐水。非必丝与竹，山水有清音。

永远的桃花潭

十里桃花潭，静卧山崖下。酒仙一诗出，声名千年扬。

桃花潭因诗成名。

唐诗宋词中，不乏游历感怀、借景抒情的名篇佳作。而正是这些名篇佳作，光亮了一地一景，使人心驰神往。游玩镇江，北固山必然要登，因辛弃疾词曰："何处望神州，满眼风光北固楼。"李太白诗说："烟花三月下扬州。"徐凝诗曰："天下三分明月夜，二分无赖是扬州。"如此佳境，引得达官贵人"腰缠十万贯，骑鹤下扬州"；提及苏州，相信不少人会脱口而出张继的《枫桥夜泊》，就会想着去寒山寺走走、看看；还有，学了陶渊明的《桃花源记》，则有置身其中之感，心中生出无限想象，脑海中幻化着安宁和乐、自由平等、"有良田美池桑竹之属的"世外桃源。

古诗词的魅力正在于此。一首诗、一阕词、一篇文，所显示的，不只是大家名师的文字功夫，更多的是一种修养、一种境界和一种情怀，故而成为经典，传诵千年，而诗词美文中的地方、景观、人物亦随之流传，口中吟之，笔下书之，心中想之，久而久之，犹如烙印，深深地刻在记忆的模块上。

在我们这个国度里，但凡上过学的人，恐怕没有人不知道桃花潭的。如今，在安徽泾县，桃花潭已成为赏心悦目的AAAA级景区，每年桃花盛开之时，游人如织。泾县人应感恩两位先人，一是酒仙李白，一是豪士汪伦，两人的真挚友情凝成一首千古绝唱：

> 李白乘舟将欲行，忽闻岸上踏歌声。
> 桃花潭水深千尺，不及汪伦送我情。

不难想象，若无李白的这首《赠汪伦》，泾县桃花潭或许还"养在深闺人未识"，更谈不上闻名遐迩了。独特的地质风貌，使得整个皖南地区山清水秀，处处是景，在如此天生丽质的大环境中，桃花潭的风光也只能算是"普通一兵"。正是这首《赠汪伦》，为泾县桃花潭做了千余年的免费广告，使这个"普通一兵"有了"与众不同"之处。

十里桃花潭，静卧山崖下。酒仙一诗出，声名千年扬。

从这一意义上说，泾县人要好好感谢诗仙太白，没有李太白的诗，哪有桃花潭的名？但无论如何也不能忘了汪伦，若不是汪伦设法盛情相邀，李白怎能到此一游？桃花潭一诗成名，汪伦功不可没。

不妨穿越一下时光隧道，回到唐朝，重温那一段佳话。

唐天宝年间，诗仙李白官场失意，一气之下，干脆辞职云游。

汪伦，泾县人，世居桃花潭畔，善诗善唱，是李白的铁杆粉丝，对其极为崇拜。据说，他曾做过泾县县令，卸任后怡情山水，悠然自得，平生最大心愿就是能见李白一面，与其对酒吟诗，快意人生。

机会总是留给有准备的人。一日，汪伦听说李白来到宣州府，迅捷修书一封，派专人送达，邀请李白来泾县一游。书中写道：

先生好游乎？此处有十里桃花；先生好饮乎？这里有万家酒店。

李白性情浪漫，一生好游嗜酒，酷爱桃花。有如此美景美酒，又是专人专程相邀，自然不亦乐乎，便欣然应邀，来到泾县桃花潭。

或许是天定的缘分，一个是如雷贯耳的著名诗人，一个是辞官归乡的村夫，两人见面后竟然一见如故，相谈甚欢。李白直奔主题，说："此番前来，一是游赏十里桃花，二是酣饮万家酒店……"

这里哪有什么漫山遍野桃花盛开的壮观景色，更没有什么酒肆成林的繁华场景。汪伦只得如实相告："桃花者，潭名也，并无十里桃花；万家者，乃酒店主人姓万也，不是酒店万家。"

李白听罢，哈哈大笑，说道："桃花潭饮万家酒，会汪豪士，此一快事。"

有人说，李白被汪伦"骗"了，亦有人说，李白被汪伦"忽悠"了，是的，李白确实是"受骗"了，或者是被"忽悠"了，可如此之"骗"，这般之"忽悠"，李白非但不怪、不怨，倒是显得十分受用，依旧谈笑风生。

我打心眼里佩服汪伦。他对李白的崇敬和邀请是真心实意的，说他"骗"是错怪了，他只是用了夸张的手法，而这样的夸张，在李白这个夸张大师面前，简直就是小巫见大巫。也不能说他"忽悠"，与其说是一种"忽悠"，不如说是一种引导的善意，是一种邀客的智慧，这表明汪伦非寻常之辈，按现在的说法，他是一位营销策划的高手。

李白毕竟是李白，既来之，则安之，有山水作陪就可，有酒肉相伴足矣。虽没有十里桃花，却有波光潋滟的桃花潭水，驾一叶扁舟泛游其上，一篙新绿，碧波涟漪；虽没有众多的酒家，却天天美酒佳肴招待，且不断变化着花色品种。总之，汪伦不仅每日陪着李白，与其朝夕共处，而且想着法子让大诗人吃好玩好，竭尽地主之谊。

李白虽是"诗仙""酒仙"，却也重情重义。他在桃花潭流连忘返，一住就是半年，让他"乐不思蜀"的是桃花潭秀丽的山水，更是汪伦的真诚和盛情。所以，才有了《赠汪伦》这首千古绝唱。

后人记住了一个人：汪伦；也知晓了一个地方：桃花潭。

过去，现在，将来，桃花潭成为永远。

诗仙的一首诗，为桃花潭创立了不争的文化品牌。而今，青弋江依旧静静流淌，诗仙、豪士早已作古，桃花潭却因之名声大噪。

桃花潭值得一去。

你可以循着诗仙的脚步，吟着自小就背得滚瓜烂熟的诗句，踏着南阳古镇的青石板路，登上"踏歌岸阁"，远眺对岸的怀仙亭，还有那小有名气的万家村。

你可以乘一叶扁舟，在桃花潭中轻轻荡漾，看桃花流水，赏两岸风光，倘若有蒙蒙细雨，则宛如仙境，极易引发思古之幽情。

你可以在当年李、汪饮酒作对的垒玉堆上，邀几位好友，摆几碟小菜，可豪饮，可小酌，也可学学李白，大喝一场，醉卧于彩虹岗，忘却所有不如意、不愉快之事。

……

在桃花潭，若有闲情逸致，不妨做一回李白。

（写于 2019 年 4 月 22 日）

诗情画意北戴河

　　北戴河，在我的脑海中，是一个神秘、浪漫而又令人向往的地方。

　　神秘，是因为其是著名避暑胜地，自二十世纪五十年代起，党和国家领导人每年暑期均在此办公、休息，一些有突出贡献的专家、学者、劳模也会被邀请到此避暑、疗养，这就使这个北方海滨小城沾染着政治色彩，也自然地披上了一层神秘的面纱。浪漫则是可以想象的：浪花，细沙，夜色，情侣，凉爽的海风，飘着幽香的花径步道……几多风情，几多浪漫，聚结起许许多多诗意般的情调。

　　一位去过北戴河的朋友告诉我，北戴河很值得一去，景色宜人，充满诗情画意。

　　今年初秋时节，由组织安排，我到北戴河参加一个全国性的培训学习。也就是十来天的时间，在课余的走走看看中，不知不觉对这座小城动了情，深深地喜欢上了。

　　报到那天，我们曾问当地人，现在来北戴河是不是迟了一些，错过了最佳时节？他们说，不迟、不迟，你们来得正是时候。他们说的不是客套话，事实确实如此。入秋的北戴河已经渐渐远离了夏季的喧嚣和热闹，游客没那么多了，海边没那么拥挤了，天高云淡，海水澄澈，空气愈发清新，显现出这个海边小城的安谧、舒坦和从容。

在北戴河，你会不由自主地放缓脚步，款款地走，慢慢地看，享受着大自然在这里展现的海滨风光。清晨，你可以早早地来到海边，坐在柔软的沙滩上静观日出，等待着那份黎明时分的悸动。倘若你运气好，不是乌云密布的气象，你会看到，在墨蓝色的天空与大海连接的最远处，红彤彤的朝日抖动着冲破黑暗，缓缓升起，海面顿时波光粼粼，沙滩也随之柔和起来。

秋日，海水的温度逐渐降低，但下海游泳并无大碍，最好是下午两三点钟去，此时，在灿烂的阳光下，天气是温润的，海水是温和的，踏着细浪走进这片海，游在或泡在温和的海水里，以各种肢体语言搅动着海面，给这片海带来了和煦的风、滚动的云和流动的波，也仿佛拨动了这片海悦耳的琴弦，耳畔回荡着轻歌曼曲。静心听一听，这轻歌曼曲里跃动着欢声笑语。在这片海的沙滩上，身着各色泳装的男女，把海边勾画成了一个多彩的世界。这里，色彩流动着，浪花跳动着，是靓丽的风景线，是曼妙的抒情诗。

傍晚时分，夕阳西下，橘红色的光芒映照着天边，红红的太阳徐徐地接近大海，渐渐地没入海中。"莫道桑榆晚，为霞尚满天。"日出之美在于喷薄而出，现出蓬勃朝气和向上的力量；而日落也是一种美，这种美是瑰丽中的一份淡定，是辉煌后的一份从容，是光与影交织中的一份独特的宁静与和谐。黄昏，在北戴河的西海滩，你会悠闲地欣赏着太阳是怎样以缓慢的节奏飘落到莲蓬山的后面的。看着太阳落山，晚风吹拂，渔歌唱晚，海岸边翻滚着轻柔的白浪，落日的余晖洒在海面和沙滩上，整个景象宛若童话世界，有着梦幻般的美丽，让人顿生美好的遐想。

生活在北戴河这座小城是幸福的。在这十来天里，随处走走看看，真切地感受到，无论是本地人还是外来的游客，脸上都荡漾着幸福的笑容，而这一张张笑脸，没有一丝的造作，完完全全是从内心深处流淌出来的。是的，这是一座让人舒服、舒畅、没有压抑感的小城。它面积不大、人口不多，没有高楼大厦，马路也不宽，但干干净净，很有秩序。整个小城松树挺立，鲜花盛开，是国家级园林城市，每立方厘米空气中负氧离子高达 15000 个，是一般城市的 20 倍，被誉为"天然氧吧"。蓝天、碧水，粉墙、红瓦，清新的空气，细腻的沙滩，还有各色肉厚味美的海鲜……如果你生活、工作在这样的环境里，相信也是满满的幸福！

说起北戴河的前世今生，亦有一些有趣之事。可能很多人不清楚，发现北戴河的竟是一位外国人。清末，一位叫"金达"的英国铁路工程师，在勘测津榆铁路时发现了这个风光旖旎的地方。由于"金达"的发现，清光绪年间，清政府将北戴河辟为"允中外人士杂居"的避暑区。由此，在这里诞生了中国第一条铁路专线、第一条航空旅游专线、第一个 19 孔高尔夫球场等诸多中国旅游史上的第一，被誉为中国现代旅游业的"摇篮"。

海，是北戴河的名片，也是历代风流人物咏颂的题材。秦始皇嬴政、汉武帝刘彻来过这里，俩人均有诗篇留下；魏武帝曹操"东临碣石，以观沧海"，写就著名的《观沧海》。但在新中国开国领袖毛泽东看来，"秦皇汉武，略输文采"，

"数风流人物，还看今朝"。1954年，伟人来到北戴河，海滨夏秋之交的壮丽景色，新中国建立之初的蓬勃景象，激荡着伟人的博大胸襟和辽阔诗情。一天，时逢海滨风雨大作，浪涛汹涌，伟人顿起击水之兴，不顾身边警卫人员的劝阻，下海游泳，与风浪搏斗。上岸后意犹未尽，"心潮逐浪高"，便纵笔挥毫，写下不朽名篇《浪淘沙·北戴河》：

大雨落幽燕，白浪滔天，秦皇岛外打鱼船。一片汪洋都不见，知向谁边？

往事越千年，魏武挥鞭，东临碣石有遗篇。萧瑟秋风今又是，换了人间。

词作上阕写景，景中含情；下阕则是抒情，情中有景。"萧瑟秋风今又是，换了人间"，是全篇的点睛之笔，简短两句，升华了诗词的主题。

换了人间。几十年了，祖国在逐步强大，北戴河在不断变化。也许，这座海滨小城变得不是很高，也不是很大，但她有着自身的特色和风格，而正是有了自己的特色和风格，使得小城愈发美丽，愈发文明，愈发让人感到清新、舒适。

"轻轻的我走了，正如我轻轻的来。我轻轻的招手，作别西天的云彩。"北戴河，来了不想走，去了还想去，一个充满诗情画意的慢城。

（写于2018年9月4日）

山村，夜雨

　　晚饭后，夜幕缓缓拉下，渐渐地把小山村包裹起来。似是在孕育着一场风雨，天空没有月色，也不见半点星光，只有翻滚着的成片成堆的乌云。乌云压着山顶，山依旧挺拔，抵抗着向下压来的乌云。夜色愈浓，天与山愈是贴近，最终融为一体，聚成苍茫的漆黑。

　　本来就不喧闹的山村，此刻更加宁静。

　　老朱立于窗前，听着从大山深处流出的溪水潺潺，望着不远处亮着灯光的几家民居，脸上漾出舒心的笑意。他喜欢这个被群山环抱的小山村，喜欢此刻的宁静，感觉自己如置仙境，有着超凡脱俗的美妙。

　　超凡脱俗，谈何容易。老朱有自知之明。皆是凡人，生于长于世间，俗气难免，程度不同而已，或多或少罢了。俗难根治，东坡云："人瘦尚可肥，士俗不可医。"不过，人有些俗气实属正常，无可厚非，这世上毕竟少有纯而又纯的圣贤，况且雅兮俗之伏，俗兮雅之倚，雅俗互为转化，既相辅相成，亦共生共赏。

　　老朱思忖着，向着人性人生的深处探寻，越想越有味道，自以为悟出了一些东西。他觉得，人还是要亲近山水，到有山有水的地方住上几日，在大自然中随意走走看看，心无闲事，了无牵挂，把一切都放下，放下了，则轻松了，也就释然了。或许一旦离开即会恢复"本来面目"，但毕竟有着几日的清静，洗了肺腑，换了脑筋，有了新的认知。我见山水多妩媚，料山水见我应如是。老朱想，隔段时间与山水卿卿我我一番，日积月累，人与自然定会和谐相处，那时，人即自然，自然即人，人类精心呵护着自然，自然无私滋养着人类，人在自然中修心养性，不断提升着境界。

在祖国的版图上，如老朱居住的这般小山村，比比皆是，并无独特之处，只是远离闹市，有山有水，空气清新，平淡宁静。山村坐落在玉华、金华两山之间，一条清澈见底的溪水从山间蜿蜒而出，绕村哗哗流淌，山间云雾缭绕，山下炊烟袅袅，极目所至，皆是满眼的绿，还有各色的花。向山里人询问山为何山、水为何水，答道：门前山、门前水。是的，从古至今，千百年来，山就在自家门前耸着，水就在自家门前流着，外人觉得新奇，他们却习以为常，将这山这水视为知根知底的自家邻居。

白天甚是闷热，料有一场风雨。午夜时分，孕育良久的风雨终是来临，天女散花般地落了下来。"看山看水出郭，听雨听风倚楼。"老朱睡意全无，干脆关闭房间所有灯，瞬时，屋里的黑与屋外的黑粘在一起，搞不清自己是站在室内还是室外。此时其实什么也看不见，唯能听到点点嗒嗒的雨声，还有溪水流淌的音响。

听雨是件雅事。老朱想，自己既是俗人，不妨今夜附庸风雅，静静听雨小楼上，一任窗外阶前点滴到天明。

老朱听着雨声，想着许多。他想到了季羡林大师的散文《听雨》。"我静静地坐在那里，听到头顶上的雨滴声，此时有声胜无声，我心里感到无量的喜悦，仿佛饮了仙露，吸了醒醐，大有飘飘欲仙之概了。"大师就是大师，对于听雨是心花怒放，风生笔底，充溢着情感，迸发着青春活力。

老朱想到了唐诗宋词。唐诗宋词里有着许多关于夜来听雨的吟唱。"池草不成梦，春眠听雨声。""不睡爱听雨，雨声听不明。莫能新梦去，怕有旧愁生。""少年听雨歌楼上，红烛昏罗帐。壮年听雨客舟中，江阔云低、断雁叫西风。"诗人词家们总是有着自己的情怀，牵连着太多的物喜和己悲，有着婉约之风，称不上诗词中的伟丈夫。

老朱浮想联翩，想着夜雨后的明日光景。"夜来风雨声，花落知多少。"明天，或许有人在深巷叫卖着杏花，或许在雨巷里能逢着一个丁香一样结着愁怨的姑娘，或许是雨后看新水，天空望远山，有着更为别致的景色。

老朱的思绪渐入佳境，忽然手机响起，接听，是同行的友人打来，他们两个很是浪漫，此时正在夜雨中散步。他们希望老朱也出来走走，道是"春雨贵如油"，沐浴春雨，且在夜中，数年一遇，弥足珍贵。

朋友乃性情中人，也有着几分诗情画意。他们在夜雨中散着步，聊着天，觉得甚是有趣。老朱不想睡了，也睡不着，穿好衣服，走出小楼，融进夜色，寻着朋友而去。

整个山村悄无声息，沉浸在深沉的睡梦中。"沾衣欲湿杏花雨，吹面不寒杨柳风。"老朱在夜色中感受着这风这雨，这风和暖，这雨温润，老朱精神一振，虽是漆黑一片，却觉得眼前亮堂堂的。

对了，这个小山村叫作彰吴村，在浙江省安吉县境内，是近代艺术大师吴昌硕的故里。

（写于 2017 年 4 月 16 日）

生活着的千年古镇

江南忆，最忆是水乡古镇。江南多古镇。江苏的周庄、同里、角直，浙江的南浔、乌镇、西塘，这六大古镇最为著名，是江南水乡古镇的代表。若将六大古镇喻作六位人见人爱的美貌女子，西塘在其中或许不是最出色的，但她却有着与众不同的地方，正是这与众不同，吸引着众多中外游客。

西塘古镇位于浙江嘉善县。六大古镇中，西塘面积最大。而她并非以大见长，在她的版图上，流淌着春秋的水，映印着唐宋的镇，保留着明清的建筑，行走着现代的人。她说，她是生活着的千年古镇。

生活着的——既含平淡之真，又寓生机活力。这话地道，贴心暖人。生活着的芸芸众生，生活着的千年古镇，相互间有着一种呼应，犹如酒逢知己，瞬间没有了距离。

西塘源于"吴根越角"，一路走来，已逾千年。千年的历史，见证着朝代更迭，讲述着河道变迁，注视着房屋翻修，观望着来往无数的船舶。一切都在变，唯一不变的是与自然相协调的建筑风格。西塘的桥多，立于桥头，环顾四周，民居、廊亭、石桥、弄堂、树木错落有致，无须任何修饰，就是一幅完完全全的优美画卷。

江南的古镇总是与水相伴，有了水，就有了柔情，有了灵气，有了诗意。西塘地势平坦，河流密布，有9条河道在镇区交汇，把古镇分割成几个板块，而众多的桥又把水乡连成一体。或许是有着太久的历史，西塘的水犹存着远古的风韵，无论春夏秋冬，总是恬静地流淌，不急不慌，气定神闲。春和景明之时，或秋高气爽之日，几位好友，乘一小船，一边品茗，一边观景，忽地觉得，几千年的岁月正是如此悠悠地划过，不经意间童颜成了白首，现在成了历史。从水路游览古镇，妙处难与人说。

游历西塘，烟雨长廊是必游之处。长廊砖木结构，依河而建，临水而筑，实质是一条带屋顶的街，既可遮阳又可避雨。关于长廊，民间有"为郎而建"的传说。说是很久很久以前，镇上有一年轻貌美的胡姓寡妇，独撑着一家老小和一个小商铺。她的铺子前的河滩边有一个豆腐摊，摊主王二，年轻厚道，家境贫寒。王二见胡氏上有老下有小，整天起早贪黑，忙里忙外，便生同情之心，帮着做些体力活。胡氏为感激他的这份情意，借修缮店铺之时，沿河建起了棚屋，将店铺前的沿河街道全遮盖起来。不想棚屋建好之后，胡家铺子的生意特别红火。其他商家纷纷仿效，我家连着你家，你家接着他家，逐渐连成一片，形成千米长廊。

烟雨长廊，方便了他人，利益了自己，构筑了风景。夜晚，走在长廊里，听着桨声，赏着灯影，想着西塘先人打拼的艰辛，以及邻里间有情有义的守望照应，眼前顿时明亮起来，看见无数个贤淑的胡氏，还有无数个善良的王二。

石弄，是西塘的一大特色。这里的石弄既深又长，曲径而通幽，可谓"石弄深深深几许"。最为著名的当数石皮弄。

石皮弄是由 216 块厚约 3 厘米的石板铺成，总长 68 米。因其石弄的石板路下有一条细薄如皮的石板作为下水道的表皮，故称其"石皮弄"。正是这"细薄如皮"的石板，使得全弄雨天从不积水。石皮弄很窄，仅可容一人行走，如遇迎面来人，双方便会打个招呼，主动侧身礼让。弄堂两壁高耸，似峭壁一般，抬头仰视，若"井底之蛙"，所视不大，但见"一线天"。双脚踩在石板上，石板虽薄，却感受到了一种厚实，这是历史的积淀。触摸着石弄的双壁，斑驳却不失滋润，宛如听其深远的述说，将先人巧夺天工的智慧娓娓道来。

桥是西塘水陆交汇的纽带，亦是古镇的一道景观。不大的西塘，竟有各式各样的桥近百座。更引人入胜的是，几乎每座桥的背后都蕴藏着一段历史，有着一个感人的故事，寄托着一种美好。

建于明代的"五福桥"，蕴含的是民间对福、德、寿、禄、善终的期许，更是对过桥人的祝福。"送子来风桥"是三孔石板桥，传说建造时恰巧凤凰来仪，桥名由此而得。桥体上的石阶一分为二，左侧石阶是供男人使用，而右侧则是小小的斜坡，专为缠足女子设计，方便她们行走。这是一种细致入微的人文关怀，真正体现着以人为本。还有安境桥、卧龙桥、永宁桥、渡禅桥、环秀桥、望仙桥……造型精美，风韵各异，拱形桥如彩虹飞架，平卧桥似长笛横吹。水在桥下流，人在桥上行，你立足桥头望风景，望风景的人在楼上看你。人、桥、水、街，共同装饰着千年古镇，令人顿觉眼前生意满满。

去过西塘的人，总忘不了古镇的美食。古镇美食之美，美在原味，美在家常。那原味从里弄里飘出，从廊棚中溢出，弥漫四周，沁人心脾，使你情不自禁向着味道寻去。管老太臭豆腐、钱氏豆腐花、陆家小馄饨、马氏粉蒸肉、西塘熏青豆，这些小吃均是前店后坊，现做现卖，每样品尝一点，可走一路吃一路，颊齿留香，回味良久。

西塘的家常菜，依旧是老的烹艺、老的味道。清蒸白丝鱼、酱爆螺蛳、椒盐南瓜、霉干菜烧肉、椒盐旁边鱼、送子龙蹄，这些并无新奇，寻常百姓家都能做，但西塘人讲究火工，讲究色、香、味，尤其是味，吃了，就想到了家，想起了母亲。值得一提的是"天下第一面"，两口锅同时制作，一口锅用来煮面，一口锅用来炒制辅料，煮好的面放入另一口锅，和辅料一起再煮几分钟，热腾腾地捞出，面条筋道，汤汁鲜美可口。老的西塘人不说是吃面，有一个好的说法，叫"捞起热腾腾的日子"。镇上有好几家"天下第一面"的店铺，相互间有着竞争，西街一家店铺鲜明亮出自家观点：店面被模仿，从未被超越，好吃硬道理。甚是有趣。

西塘有着静美，有着风雅，有着惬意时光，有着活色生香的日子。在西塘住上两日，随着缓缓流淌的河水，你会自觉放缓脚步，慢慢地品，悠悠地赏，会渐渐觉得，这千年古镇始终活泼着。

（写于 2017 年 2 月 14 日）

北固秋夜

　　四季中，秋最宜人，也最富诗情画意。尤其是中秋时节，天空明净，风清气朗，看山是山，看水是水，看什么都真真切切，仿佛眼睛忽然明亮起来。

　　秋而逢中，恰似人到中年，虽略显沧桑，却有着稳健中透出的成熟。此时的魅力，最能打动人心。

　　晚饭后照例是要去散步的。往常都是顺着滨江大道走，固定的线路，走走看看，漫不经心，遇见熟人，或招呼一声，或与其边走边聊，很是轻松自在。

　　妻说："今天走远一些，去看看北固湾吧。"我说："好啊，听说夜景很美呢！"

　　毕竟已是秋天，夜幕早早落下。华灯初上，城市顿时五彩缤纷，现出百般风情。妻和我沿着江岸闲庭信步般地走着，去领略秋夜下的北固湾。游步道上的路灯不是很亮，有些朦胧。脚下的路隐隐约约，说看得见，却有些模糊；若说看不清，亦不是十分黑暗。这光亮恰到好处，增一分则太亮，减一分则太暗，朦胧中含着柔和，宁静中蕴着甜蜜的梦。江风徐徐吹来，有点凉，但不袭人，倒有神清气爽之感。正是桂花遍开之时，随风飘来阵阵花香，用鼻子嗅一嗅，再大口一吸，一股带着甜味的香瞬时进入了肺腑。流星雨灯和满天星灯在江岸边的行道路上流动着、闪烁着，流着光、溢着彩，一个真实的"火树银花不夜天"。灯光下，开着簇簇红花、黄花的栾树随风摇曳，青枝绿叶扶着锦簇花团，成为秋夜下一道别致的景色。

我是随着妻的脚步前行的，她快我则疾，她慢我则缓，合着她的节拍。妻享受着秋夜散步的乐趣，惬意写在了脸上。我心里惦记着北固山。一边走着，一边努力在记忆中搜寻着有关这座山的一些典故。想到了梁武帝，他驾临北固山，见这里江天云阔、江山秀美，惊叹之余，挥笔题写"天下第一江山"六个大字；想到了诗仙李白，他泛舟北固山下，触景生情，诗兴大发，赞曰："丹阳北固是吴关，画出楼台云水间。千岩烽火连沧海，两岸旌旗绕碧山"；想到了刘备，还有孙权，《三国演义》中"吴国太佛寺看新郎，刘皇叔洞房续佳偶"的故事就发生在此山的甘露寺里。

不知不觉中走进了北固湾，看见了北固山。京口宝鼎巍巍峙立，势若凌云。去年九月，宝鼎安放礼成，纯青铜铸制，鼎高5.03米，口径4米，基座高1.3米。铭曰："峨峨北固，浩浩东流。巍巍宝鼎，熠熠千秋。"于宝鼎广场放眼向北望去：湾内风平浪静，夜幕笼罩着江面，整个水面黝黑，偶尔一丝灯光闪现，才看见一些发亮的波纹；夜色下的北固山，已全无白天的险峻和葱郁，入眼的就是一个墨色的轮廓；亲水栈桥蜿蜒地伸向水中央，有不少的游人在桥上看着风景；栈桥和岸边平台上环绕着灯带，发出红色、蓝色和黄色的光线，细细长长，忽明忽暗，使山更幽、湾愈静。

徜徉在亲水栈桥上是别有韵味的，可以走走、停停、看看、想想。此时，全身最是轻松，思想最是自由。伏在栏杆上，静静地看看湖面，倾听水声。湖水悄然拍打着栈桥，像是抚摸，又像是轻声细语的呼唤。栈桥弯弯曲曲，既伸向水中，亦环山而行，长 1000 余米。栈桥的中部是一个偌大的平台，从旁边泊着的几只船艇看，也似是一个码头。这里有些热闹：几对老夫妻在说笑着，谈着家长里短，谈着自己的子女；靠水的平台边，坐着一排钓鱼的，钩杆伸向水中，头上戴着灯，灯光射向水面，聚集在鱼浮上，个个纹丝不动，全神贯注；几个小孩在滑着滑板，来来回回穿梭着；有遛狗的，也有小年轻在谈情说爱。

"东吴胜境"牌坊金碧辉煌，是北固秋夜最为明亮之处，似乎这里集中了北固湾全部的灯火。牌坊的广场上载歌载舞，热闹非凡，仿佛那边宁静的湖湾是另一个世界。音响中放着蒙古族女歌手乌兰托娅的《套马杆》，旋律优美，很是悦耳，数百名妇女合着调，翩翩起舞。

静水、长天，和风、桂香，蜿蜒的栈桥、巍峨的宝鼎，钓鱼人的专注、舞蹈者的欢快，眼前浮现出一幅又一幅和谐的图画。

"水是眼波横，山是眉峰聚。欲问行人去那边，眉眼盈盈处。"秋夜，北固湾，美好。这三个关键词输入了我的脑海中。

妻说："夜色真美好，远些、累些，但值。"

我说："是的，要好好感谢为我们带来美好的决策者和建设者。"

（写于 2011 年 10 月 26 日）

醉在凤凰

没有去过凤凰的，凤凰是一个梦；去过凤凰的，凤凰是一首诗。

——易中天

没去凤凰之前，凤凰确实是我的一个梦，一个久萦于心、满怀憧憬的梦。凤凰究竟怎般迷人，因未身临其境，自然无法言表，然而，单"凤凰"这一地名，就这两个富有传奇的字眼，便让人生出几多遐想和向往。

对凤凰，其实我是有点了解的，但这样的了解只是抽象的，或者说是个大概，缺乏具体而实在的东西。就这一些粗浅的东西，也是间接而来，是从沈从文优美的散文中读出来的，是从黄永玉寄情的写意中品出来的，是从宋祖英悦耳的歌声中听出来的。

正是这文字、这图画、这旋律，让我知晓了湘西这座美丽而神秘的边城。那里，有古老的山寨和神奇的传说，有悠长的街巷和油光发亮的青石板，有立在坨江河边错落有致的吊脚楼，还有着别样的少数民族风情……

就这样，凤凰，传说中一对凤凰从这里拍翅而起的小城，便时常在我心中生出梦幻般的美丽。

今年夏秋之交，我匆匆去了一趟凤凰，也就两天时间，住了一宿，完全是为了这个梦。这匆匆一去，梦是圆了，却不敢再去了，因为到了那里，便陶醉其中，再也不想离开。

或许是我的浅薄，我真的无法用文字描述凤凰的美丽，也无法用语言来讲述凤凰的灵秀，有的只是无尽感叹和震撼。感叹着大自然的力量，鬼斧神工地造化出如此迷人的风采，且许给"凤凰"这一传奇之地，很是"般配"。在这里随时随地都感受着一种震撼，这震撼不是陡然的，是一种触及心灵的熨帖，把你的全身弄得舒舒服服。一走进山水相依的古城，一踏上幽幽的青石板路，一坐进船舱开始泛舟于沱江河，你会忽然有一种到家的感觉。青山、绿水，静谧、和谐，古老、神秘，厚重、善良，这不正是人类最好的家园吗？

在城里久住的人们，整日在水泥森林中穿梭不息、忙碌不已的人们，来到凤凰，这座远离尘世和喧嚣的"深山里的城池"，恰是抚慰你身心的"鸡汤"。

沱江是凤凰的母亲河。她流淌了数百年，滋润了数百年，如今依旧在涵养哺育着凤凰人。我们在蒙蒙细雨中沿着沱江漫步，游人撑起雨伞，两岸瞬时盛开五彩缤纷的"伞花"，也似两条起舞的彩龙。沱江的水很清，河底的水草清晰可见。河畔，有苗家阿妹在淘米、洗菜、捣衣，也有的在对着水面照着身影，水花不时地在她们的欢声笑语间溅起。那些由木柱作架，以纵纵横横的杉木板作壁，支撑起湘西富有民族特色的吊脚楼，壁连着壁，檐接着檐，悬在高高的河壁上。地势的差距使得吊脚楼彼此错落，丰富了建筑的空间语言。在船上放眼望去，田野是碧绿的，山峦是碧绿的，沱江的水也是碧绿的，木楼、青山倒映在沱江清澈的波光里，那和谐、淡雅、古朴的意境，令置身其中的我们，似在品读唐诗宋词，也似欣赏一幅水墨画。

凤凰委实迷人。古街、古寺、古塔，奇山、奇石、奇水，总是不断激发着我们的游兴。想必是"秀色可餐"之故，已是下午两点，一行人竟无饥饿之感，个个精神抖擞的样子，有说有笑，满脸的灿烂。我说："还是吃点什么吧，返回张家界要很晚的。"有人建议，干脆痛饮几杯，醉了，就不走了，留在这里做一回凤凰人。

真的醉了。

浓郁风情的苗家阁楼，几道最具凤凰特色的菜肴，几元一斤的苞谷土烧酒，望得见的灵山秀水。就这样看着、谈着、喝着，大家兴奋着，热闹着。我不胜酒力，羡慕地看着他们几个用大碗豪饮。待我发觉情况不妙，劝他们不喝时，已阻挡不住他们的冲劲了。

他们几个醉了，醉倒在古街上、沱江边。他们摇摇晃晃地走在青石板路上，边走边说："不走了，谁走谁是小狗。"其实，我也醉了，是被凤凰的美景陶醉的。

和他们几个一样，我也不愿离开。

（写于 2011 年 8 月 16 日）

故 乡 河

　　春日里的南山，碧峰起伏，浓翠欲滴，现出百媚风光。一走进招隐寺山门，人立刻轻快飘逸起来。沿坡漫步而上，入眼的满是青枝绿叶、姹紫嫣红，悦耳的尽是欢声笑语、莺啭燕啁，扑鼻的正是随风浮动的花香，还有那从泥土中悄然萌发的芬芳。

　　一座真真实实的城市山林。如此锦绣美景，倘若米芾在世，其丹青妙笔恐也难以绘就。我遐想着。朋友见我走神，把我推进杜鹃丛中拍照。春风还未彻底将杜鹃唤醒，但满坡的枝叶已是郁郁葱葱，间有星星点点的玫红，虽不成气候，却让人有了期待，估计有个七八天即可红遍山冈。我们几个谈笑着，和风温润地拂着脸颊，好似从身旁瞬间闪过，顺便把我们的笑语一下子捎走了。突然间，山谷里响起歌声，嘹亮的男高音，抒情，动听。不见其人，只闻其声，委实令我们惊讶。起初以为是景区的广播，转念一想，这番平静，鸟鸣已显其幽，喇叭高歌岂不大煞景致。我们想探个究竟，便循声而去。

　　我们穿行在花径林间，踏歌而走，被旋律吸引着，不由自主地随行。歌声离我们愈来愈近。愈近，愈发扩张着磁力。等我们贴近跟前，才知歌声是从"选亭"中飘出的。

"选亭"乃是为纪念《昭明文选》而建，古朴精致，被花草、藤蔓、树木掩隐着，若不留意，确也不易觉察。我们走进"选亭"，一看，唱歌的竟是一位形态儒雅、精神矍铄的长者。

长者见我们诧异，便停下歌喉，微笑着同我们打起招呼，问我们是从哪里来的，以前有没有来过镇江……显然，长者是把我们当作外地游客了。

我说："您老的歌唱得好，我们是在山上听到的，还以为是广播里播放的呢。"长者嘿嘿一笑，说："退休了，自己找乐趣，南山的景色美、空气好，在这里唱歌心情舒畅。"

"您老六十多了吧？"我问。"今年整七十。"老人告诉我。"听口音您好像不是本地人？"我问。他说，他是四川广元的，姓杨，"文革"时从西南财经大学毕业，先分到苏北响水的一个农垦农场，后又调到当时的江苏工学院（今江苏大学）工作，当老师，教统计学，现已退休十年了。

杨老师很是健谈，他把我们当作了外地人，自己却热情地做起了东道主。他给我们讲解着，讲着昭明太子和《昭明文选》，讲着南山的历史掌故和文化底蕴，讲着镇江的发展和变化……他脸上焕着容光，流淌着自豪。其实我对这些略知一二，可我一点不敢马虎，认真地聆听着，内心里敬重着他。

我问杨老师刚才唱的是什么歌，真是好听。"是《故乡河》!"这次回答川味十足。"这首歌很好听的，原唱是钟丽燕，我再唱一遍给你们听听。"他说。

心中有一条故乡河/清澈的水波总在心上流过/心中有一条故乡河/无论我走到哪里/总也会把你记住……

杨老师深情地唱着，眼中噙着泪花。我知道，那遥远的故土已进入了他思恋的心田；那日夜流淌的故乡河，无时不在激荡他儿时的许多记忆。故乡的山水，故乡的风情，永远是思乡人心底最美的梦！

啊！故乡河/给我母爱/给我温暖/给我快乐
啊！故乡河/给我今生/给我来世/给我很多

歌声仍在悠扬飘荡。沐浴着这支歌，我作别了长者，离开了南山。路上，我轻轻哼起《故乡河》，还不太靠谱，却有了些许情感，忽然想到，其实我们每个人的心中都有一条故乡河。

（写于 2011 年 4 月 18 日）

篁岭笔记

　　一直想去婺源。十多年了，总被这唤作梦里老家的地方牵萦着，似乎每年都有打算，进发的腿也不知抬了多少回，却因着这事那事，终是未能成行。有时想，放不下这事那事，不若不去，去了亦是负担。婺源的美景妙境，应是纯粹而轻松地走进。

　　朋友说，心动不如行动，既然想去，说走就走。是的，为着向往的地方，何不冲动一下，来一次毫不犹豫挎起背包就出发的旅行。

　　约好。一部越野车，三两朋友。4月中旬的周末，直奔地处婺源东部的世界最美村落——篁岭。

　　篁岭，古老亦年轻。古老，村落已有五百多年的历史，悠悠时空，演变着岁月沧桑，见证着风云变幻。年轻，2009年进行保护开发，凤凰涅槃，古村焕发新的生命，成为举世闻名的乡村旅游目的地。走进篁岭，但见百余栋古徽州民居在海拔五百米的山坡上错落有致地分布着，形成一种楼中有楼、鳞次栉比的布达拉宫式的奇景，整个村落宛若嵌在山崖上一般，从远处看，恰似吴冠中的一幅写意画。青山绿水环抱着篁岭，上山的小道蜿蜒着，掩映在树丛中，不细心的人很难识别深山中藏着古村。

我们去时，已不是游玩的旺季。导游说，前些日子，万亩梯田，花海怒放，蔚为壮观，游客蜂拥而至，每天有两三万人，争睹这独特的风景，你们错过花期了。导游替我们惋惜。

我们原本就不为着油菜花而来，也是有意避开赏花时节的。所谓旅游旺季，我们以为就是接踵比肩，旺了人气，煞了风景。

我们在蒙蒙细雨中品味着篁岭，如品一壶上好的茶，味道愈来愈好。梯田里丛丛油菜已开始结籽；灿烂的黄花华丽转身，变为寂静的青色，正努力孕育着饱满的果实。因是雨天，篁岭独有的晒秋景象自然不见，我们只能想象，想象着伸出各家阁楼的一排排木杆，想象着木杆上摆放的连排成片的大圆竹匾，想象着竹匾里晾晒的五颜六色，想象着山民们的殷实而幸福的生活……

梯田花海、晒秋人家，篁岭这两大胜景，因时令、气候之故，我们眼福未饱，然雨中的篁岭，却有着另外的视野，别样的感受。

水口、水口林

在古徽州，大凡百年以上的村庄，都有经过精心规划设计的水口。祠堂、庙宇、水口，构成村落文化的三大要素。

"水口者，一方众水所总出处也。"水口建在村庄的入口，距村内房屋百米远，入水口，即进入该村界地。有水口，必有水口林，水口林只能栽种不可砍伐，这一村规民约，代代恪守，使得村落的水口树种丰富，林木繁茂，古朴幽静，形成了独特的水口风景。

篁岭的水口、水口林正是徽派的典型代表。数百年来，她护佑着村庄的平安，恩泽着一方百姓。青山、翠竹、千年古樟树，溪水、飞鸟、百岁红豆杉。我们走近水口，如入世外桃源。不禁感叹：如此风水宝地，只应天上有，人间哪得几回见？

水口神圣、神秘，雨中又显几分妩媚。我们从她身边走过，带着尊重，怀着敬畏。有风吹过，水口林里的簌簌声响，似在讲述着远古的故事。

水口是篁岭的根，水口林是篁岭人的魂。

不知多少篁岭人，在此处，与村庄、家人含泪辞别，走出深山，去求功名富贵。

又有多少篁岭人，漂泊数年，最终还是回到这里，叶落归根。

其实，水口，还有水口林，就是乡愁。

五桂堂

导游说，五桂堂值得一看。我们便冒雨拾级而上。

五桂堂建于清乾隆年间，有着精致的砖雕门楼，鱼池庭院，前堂后厅，左右厢房，屋内木雕大气而绝美，是徽派建筑的典型官宅。

房屋先祖生有五子，在院内栽植五株桂树，希冀五子"枝繁叶茂"，故名"五桂堂"。

如今老屋犹在，桂树不见。当年仲秋时节绽芳吐芬的桂树去哪儿了？枯了？迁了？导游没说，我们也没深究。溪水绕着五桂堂汩汩流淌，欢快地向着山下委蛇而去。岁月流淌了，时光流淌了，桂树也流淌了。流向了远方，流向了未来。

五桂堂的窗户很有意味，抑或说是艺术。高大宽阔的粉墙，五扇砖窗均匀布局，砖窗既窄又小，呈着不同形状。窗户窄小，为防盗之需，各自图案，却有寓意。竹形的，意为竹报平安节节高。桃形的，喻为多福多寿。瓶状的，寓为平安平静。树叶状的，表示叶落归根。葫芦形的，取之谐音"福禄"，求的是多子多福、子孙满堂。

人类总是追求美好。窄小的粉墙之窗，寄托着篁岭人的心愿。

低调、内敛、不事张扬。五桂堂的建筑风格，显艺术，亦显思想，地道的儒家理念。

女子写作营

篁岭确实风景迷人，雨中的篁岭更是风情万种。雨忽大忽小，忽疏忽密，云或聚或散，或卷或舒，山水不断变化着，挂在半山腰上的粉墙黛瓦，时而烟雨朦胧，时而清新亮丽。

景物总是有些世俗，过于高雅，恐怕和者寥寥。

难以想象，在篁岭，竟有一座"三清女子文学研究会写作营"，且处于闹市，周围商铺林立，对面就是"查记酒坊"。

写作营不大，几十平方米，上有一层阁楼，屋内四周的书架上摆满了书籍、杂志、报纸，又似一个书屋。屋内一位女生，20多岁，一袭白裙，长发披肩，正专注地对着电脑，敲打着键盘。见我们进来，她微微一笑，很甜，算是打了招呼。

女生姓林，外地人，爱好文学，现在是写作营的营员。她来篁岭已有半年，雨天读书，晴天采风，傍晚写作，生活很是充实。

室雅何须大。这个不大的写作营，中国作协主席来过，大导演冯小刚来过，有文学梦的青年女子从全国各地汇聚于此，在这里听课、交流、写作。

女子写作营，篁岭最美的花。这朵花洁净、优雅、气质不凡。她是悄然开放的文学花。诗歌、散文，还有梦想，从这里飞翔。

因她，篁岭有了书卷气；因她，篁岭有了品位。

樟缘农庄

中午时分，我们告别篁岭。下山，十分钟车程，来到樟缘生态农庄。

农庄原先是个老油坊。两年前，初中未毕业就外出闯荡的游志云回到家乡，将其改建为可餐可饮、可观可感的生态农村。

农庄取名"樟缘"，定是与樟树有关。果然，农庄内有一株800年的古樟，树高13米，胸径2.5米，冠幅2亩左右。枝干横斜参差，苍劲雄浑，叶片密密层层，披青展翠。

游志云说，古樟有灵气，靠着大树保平安。

农庄里陈列着一些老的物件，缝纫机、照相机、自行车、收音机，二十世纪六七十年代的"三转一响"，这里皆有。让人一看就有了回忆，如看小说，很快进入了怀旧章节。

当年榨油的水车仍在转动，只是转得有些吃力，咔咔吱吱的声响，似乎在说它已年老。

一张 1973 年 8 月 14 日出版的《江西日报》，压在玻璃板下，颜色发黄，大家争相一阅，新鲜地读着旧闻。

山涧流下的溪水，从农庄中央穿过，昼夜不息。游志云富有创意，将茶室建在溪水之上，以厚实玻璃作地面，人在上面品茶，水从脚下流过，看看风景，聊聊天，甚是惬意。

游志云有故事。饭后，我们在茶室内，其实是在古樟下、在溪水上，一边听雨，一边品茶，一边听他讲那过去的事。

他十六岁出走，四十岁回乡，在外闯荡二十多年，为了挣钱，什么活都干过，曾经一度身无分文，穷困潦倒，还过了几天要饭的日子。

他说，在外这么多年，没挣到什么钱，但有一笔很大的财富，就是经历，特别是常人没有经历过的经历。

经历是财富。我们记住了樟缘农庄，记住了游志云。

去过篁岭的人无数，写篁岭的人不多，大多是走走看看。看过之后，能用文字描绘感慨一番，总是一件幸事。文字记录着古老而美丽的篁岭，篁岭的古老和美丽，又不断吸引着文人墨客，生发出新的更多的文字。

篁岭的魅力平添了文字的魅力，文字的魅力渲染了篁岭的魅力。

（写于 2016 年 4 月 25 日）

采橘江心洲

"一年好景君须记，最是橙黄橘绿时。"

带着对橘乡的记忆，怀揣东坡老先生的这千年诗句，深秋初冬的一个下午，我们几个直奔江心洲而去。

因是深秋初冬时节，加之前些日子连续阴雨，我们在江边等待汽渡时，明显感受到随着江风袭来的阵阵寒意。这时节，荷尽菊残，红消翠减，所见皆是萧瑟冷寂景象。我有点想不明白，东坡老先生将此时唤作"一年好景"，不知从何说起，难道就因有着"橙黄橘绿"？可依照东坡先生的写作风格，他在杭州知府任上写的这首诗，断不会就事论事，一定有着深刻的寓意，或者有着不同寻常的背景。

正琢磨着这诗的境界，忽地一声汽笛声响，对岸开来的汽渡靠近了码头。停稳后，几辆大客车鱼贯而出，车内满载着身着校服且生动活泼的学生。他们是去江心洲秋游的，而采橘则是秋游的重头戏，也是孩子们最喜爱的。这不，刚离开枝头的橘子，有的一大串，有的一小枝，在他们的手中嬉戏着。红红的橘色和红红的脸蛋相映成趣。有几个孩子举着手中连枝带叶的橘子，隔着车窗向我们招摇着，似是在说："橘子还多着呢，赶快去采吧。"

江心洲位于镇江东部，四面环江，面积 13.46 平方公里，为长江沉积沙洲。自二十世纪七十年代起，岛上家家户户种植柑橘，先是房前屋后，三株两棵，主要是美化庭院，观赏果实，想吃就摘几个尝尝，多余的送送亲朋好友。逐渐，由自种自给转向市场经济，不断尝到甜头，不断扩大种植，现已形成近两千亩的规模，成为远近闻名的橘乡。

橘子红了，江心美了。这几年，每到橘子成熟，江心洲的当家人都要举办为期一个月的柑橘节，以橘为媒，吸纳人气，招商引资，更主要的还是为橘农着想，解决岛上近千万斤的橘子销售问题。在这几十天里，各地各色人等如潮水般涌向小岛，逢上周末，游人如织，等待汽渡的车辆会排成长长的蛇阵。而每到此时，这个小岛及小岛的当家人都被压得喘不过气来，只有到夜深人静时，方可舒缓一下，也就是简短的休整，很快就迎来又一个黎明，忙碌起新的一天。

曾听人说，江心洲好是好，就是过江不方便。弦外之音是期盼"一桥飞架南北，天堑变通途"。其实不然。江心洲地不大，人不多，水网密布，植被繁茂，纯朴自然，空气清新，宛若世外桃源。春，可结伴踏青，在地边滩头挑挖带着露珠的各色野菜。夏，可采菱赏荷，在柳荫下悠然垂钓。秋，可品鉴菊黄蟹肥，领略火红晚霞下的袅袅炊烟，还有那金色水面上的"渔舟唱晚"。冬，可踩着柔软的一地金黄，走进粉墙黛瓦，享受暖暖的乡风人情；如遇下雪，小岛则分外妖娆，连片成林的橘树被雪染白，随着树形呈出千姿百态，似童话世界。

如此境地，应受人类的尊敬而不是怠慢或轻佻。且不说有无财力建桥，倘若真有一座桥，是的，不用再等汽渡了，车程也会短一些，可快去快回，去了就看，看了就走，恐怕也会失去不少的兴致。有时，等待也是一种美好，等待中有念想，有期望，能丰富人的思维空间。若是去过温哥华的维多利亚岛，那就一点不觉游江心洲的不便了。维多利亚岛与温哥华市区隔海相望，相距 21 公里，岛上的布查特私人花园，一年四季鲜花绽放，是北美最大、世界知名的历史性花园。上岛游玩这个花园，需要坐一个小时的轮船，但大家乐此不疲，在船上说说笑笑，走走看看，心中有着满满的期待，不知不觉就上了岛。而去江心洲，轮渡过江仅需十分钟，就十分钟，抽支烟的功夫，我们怎么就等不起呢？更何况还可就便欣赏一番江景呢？

上岛的游人不只是为着采橘，更多的是去放松心情。刚刚兴起的民宿，水中随风摇曳的苇叶，满地的如星光般的各色野花，还有那一吃就想起母亲的农家饭菜，无不吸引着人们的身心。一家几口，或三两朋友，来到岛上，江边散散步，地里种种菜、采采橘，水里划划船，有兴趣的还可骑上公共自行车，沿着整洁的黑色路面作环岛游览。来了，就给心灵彻底放个假，把一切都放下，过一过自由自在的生活。这是江心洲的魅力和妙处。

江心洲的橘树大多集中在橘江里。去江心洲不去橘江里等于没去。如此说法，并非一味就橘而言。确实，橘江里的橘子既多又好，各家庭院内的橘树蓬蓬勃勃，果实挂满枝头，你若想数总是数不清的。一些几十年的老树，漫过院墙，树干在里头、果实在外头——粉墙，绿叶，红橘，构成一道绝佳风景。这几年橘江里变化很大，它的美源于橘而又高于橘，镇政府的同志向我们介绍道，现在已不是单一的千亩橘园，而是集吃住游购娱于一体的 AAA 级旅游景区，成为省级最美乡村示范点。诗人梅和清游橘江里后欣然赋诗：

橘树灯笼挂，畦畦蔬菜丰。
排排银杏绿，垄垄番茄红。
鹅戏丛林里，鱼烧竹屋中。
果园随意摘，游客似长龙。

介绍的同志如数家珍，向我们讲述着一个又一个动人的故事，言语里流淌着自豪。我们随机走访了几户人家，问了一些情况，从他们的脸上看出了好日子。一位侯姓大姐告诉我们，她办民宿、种果树、养鸡鸭，一年有着十几万元的收入。她说，这都是托党和政府的福，干部们把路修好了，把河道清理了，环境变美了，来玩的人越来越多，家里的生意也越来越好。

这几年江心洲的当家人全力打造"江中旅游名岛"，以全域旅游引领特色发展，用精致环境彰显江岛魅力。功夫不负有心人。辛勤耕耘有了收获，就如秋天展现的累累硕果。去年，上岛游客 59 万人次，实现旅游综合收入 4.2 亿元，柑橘、无花果、葡萄及各类农副产品销售额达 600 余万元。

江心洲有了名气，这名气吸引着游客，吸引着投资，吸引着有志青年回乡创业。在橘江里，有一家"唐唐陶艺"，主人公是"80 后"女大学生唐文。这个姑娘很不简单，她生于斯长于斯，大学毕业后毅然返乡，和父母一起对自家的房子进行改造，建了一个雅致的陶艺工作室和两个整洁的民宿房间，向游客提供特色民宿、陶艺体验制作、烧烤等服务。她说，她要过自己想过的生活。为着这句话，她独自远赴江西，在景德镇潜心拜师学艺，整整三年，学会了所有陶瓷制作技术，掌握了全部流程。现在她已小有成就，她说，认准的这条路会坚定走下去。

天色渐渐暗了下来，岛上华灯初放，静谧而璀璨的夜景拉开了序幕。江心洲的新变化新气象使得我们流连忘返。本想采采橘子的，走走看看，倒将来的目的忘了。不过，我们采着了比橘子更多更珍贵的东西：橙黄橘绿，一年好景。

好景——我们在江心洲，在这座被称作橘乡的小岛上，有了真真实实的感受。而我还有着另一个收获，就是好像弄懂了东坡老先生这首诗的深刻寓意。

（写于 2016 年 11 月 14 日）

满城尽飘桂花香

"莫羡三春桃与李，桂花成实向秋荣。"

又是一年秋色好，又到桂花飘香时。而这时节，正是镇江最美光景：天高、云淡，风清、气朗，花好、月圆。

一年好景君须记。依我看，最需记的、最醉人的是满城芬芳。这芬芳，是桂树吐出的，"桂子月中落，天香云外飘。"数十日，整座城市氤氲在清香中。书香、墨香、醋香，还有这桂香，给这座古老而年轻的全国文明城市，平添了几分雅气，呈现出与众不同的城市气质。

桂花是我国的特产，已有2500余年的种植历史，是传统的十大花卉之一，集绿化、美化、香化于一体，清可绝尘，浓能远溢。尤其是仲秋时节，夜静轮圆，桂子吐芳，把酒闻香，临风生情，不亦快哉。正是如此良辰美景，引得无数文人骚客竭尽思量、不惜笔墨，留下众多吟桂咏月的诗词佳作。白居易似乎对桂情有独钟，赋予桂树多首诗篇，仅写东城桂，就一气呵成，连写三首，还写了厅前桂、庐山桂、杭州灵隐桂，"有木名丹桂，四时香馥馥。花团夜雪明，叶翦春云绿。风影清似水，霜枝冷如玉。独占小山幽，不容凡鸟宿。"可见白居易对桂之喜、之爱、之赞。写桂最有意境的，当数王维的《鸟鸣涧》："人闲桂花落，夜静春山空。

月出惊山鸟，时鸣春涧中。"杨万里咏桂则是敬重之情，"不是人间种，移从月中来。广寒香一点，吹得满山开"。李清照称桂"何须浅碧深红色，自是花中第一流"，其风度精神，"梅定妒，菊应羞"。还有，辛弃疾的"大都一点宫黄，人间直恁芬芳。怕是秋天风露，染教世界都香"；朱熹的"亭亭岩下桂，岁晚独芬芳。叶密千层绿，花开万点黄"；朱淑真的"一枝淡贮书窗下，人与花心各自香"；吕声之的"独占三秋压众芳，何夸橘绿与橙黄。自从分下月中种，果若飘来天际香"……历代文豪、大家，把桂之形、桂之色、桂之香描写得入木三分，咏颂得淋漓尽致，现代人是难以超越的，正如李白的"眼前有景道不得，崔颢题诗在上头"一般。

桂花惹人爱，镇江人爱桂尤甚。或许是"桂"与"贵"同音，民间以桂树为吉祥之物，房前屋后，多有栽植，一年四季常绿，仲秋前后飘香，平淡之中自有几分情趣。加之桂树属短日照植物，对土壤的要求不高，耐寒，易于栽培，有阳光、有湿度就可生长。好养，不娇气，这恐怕也是百姓喜爱桂树的原因。镇江发展的决策者和建设者，也尊重和顾及民间的习俗和民众的爱好，在布局和推进山水花园城市建设时，总有桂树的"一席之地"，2013年整治城市西南出入口，在机非分隔带上栽植了一大批桂花树，现已郁郁葱葱，花香四溢，外地人一进镇江就闻其香，想必神清气爽、心境极佳，这"迎客香"感染了他们。

暑退九霄静，秋澄百景清。这时节，桂树繁花满枝，星星点点，在枝叶间若隐若现，香气向周边发送、扩散。丹桂的浓香，金桂的清香，银桂的幽香，四季桂的暗香，从焦山公园中走出，从南山绿道里跑来，从北固山上溜出山门，在空气中弥漫着、交融着，满城尽飘桂花香。最让人陶醉的桂香，应是焦山公园的桂花园，此处种着万余株桂树，自然也是香气集中之地，立于江岸，无须乘船过去，就能感受到从对面悠然飘来的缕缕清香，张开嘴轻轻一吸，就滑进了肺腑，很是清新、惬意。

满城芬芳。徜徉于芬芳中，有着诗情画意般的美妙。夜晚，月光下，大妈们和着乐曲，在广场上舞蹈着，香气随着她们起舞，大妈们的脸庞漾着甜美。镇江人享受着芬芳，享受着这美好的生活。

（写于 2015 年 10 月 15 日）

寻觅春天的诗行

又是一年芳草绿。又见姹紫嫣红春光美。

春夏秋冬，四季轮回。古往今来，无数文人墨客对"春"情有独钟，总是不惜笔墨，几千宠爱集于"春"，把最醉心的诗句献给了"春"，把最醉人的"春"融进了诗。实质上，是诗人的情感融进了春景，在心灵的稿笺上写就了传世的诗行。

究竟是诗人的诗句装饰了春天，还是春天生动了诗人的诗句，还真的说不清楚。

冬去春来，万物萌动，生机渐现。许多人开始寻觅，寻觅于江南古镇的小桥、流水、粉墙、黛瓦，寻觅于农家田间地头耕作的身影和溪边的荠菜花，寻觅于巍巍山顶，寻觅于冉冉林间，寻觅于那一片又一片流金溢光、似锦如缎的花海……

寻觅春天，寻觅春天的诗行。春天在哪里？春天就在诗中，就在词里。

春在枝头闹，关不住满园春色。朱熹诗曰："胜日寻芳泗水滨，无边光景一时新。等闲识得东风面，万紫千红总是春。"宋人宋祁在《玉楼春》中赞道："绿杨烟外晓寒轻，红杏枝头春意闹。"杜甫甚爱春日郊游，独步踏青寻芳。一日，他老人家沿着江畔，边走边欣赏，不知不觉走进了黄四娘家，但见："黄四娘家花满蹊，千朵万朵压枝低。留连戏蝶时时舞，自在娇莺恰恰啼。"此情此景，令杜老夫子兴致盎然，流连忘返。

春和景明，洋溢着生机和活力。且看晏殊描绘的春景："燕子来时新社，梨花落后清明。池上碧苔三四点，叶底黄鹂一两声。日长飞絮轻。"在清人高鼎的眼里，看见的则是："儿童散学归来早，忙趁东风放纸鸢。"宋人张栻在立春这天，看到冰化雪消，草木滋生，不禁眼睛一亮，诗兴大发，当即吟诗一首："律回岁晚冰霜少，春到人间草木知。便觉眼前生意满，东风吹水绿参差。"将初春时节的景象写得真真实实。

树绕村庄，水满陂塘。倚东风、豪兴徜徉。小园几许，收尽春光。有桃花红，李花白，菜花黄。

远远围墙，隐隐茅堂。飏青旗、流水桥旁。偶然乘兴，步过东冈。正莺儿啼，燕儿舞，蝶儿忙。

春光明媚，桃红柳绿，莺歌燕舞，好一幅迷人的田园风光图。秦观的这首《行香子》，上阕写静景，下阕是动态，组成一幅生动有趣的宋代农村画卷。

在春天，有酒意诗情，亦有愁思伴着风和雨。"小雨纤纤风细细，愁无比，和春付于东流水。""小楼一夜听春雨，深巷明朝卖杏花。"宋人张先在春日触景生情，感于自己生活孤独寂寞，赋词一首，抒发忧苦心境：

乍暖还轻冷。风雨晚来方定。庭轩寂寞近清明，残花中酒，又是去年病。

墙头画角风吹醒。入夜重门静。那堪更被明月，隔墙送过秋千影。

春风是贵客。清人袁枚诗曰："春风如贵客，一到便繁华。来扫千山雪，归留万国花。"

春雨润如酥。唐人韩愈诗曰："天街小雨润如酥，草色遥看近却无。最是一年春好处，绝胜烟柳满皇都。"

春夜静山空。唐人王维诗曰："人闲桂花落，夜静春山空。月出惊山鸟，时鸣春涧中。"

……

春天的诗行，醇厚绵长，寻觅不尽。其实无须寻觅，我们每个人都是诗人，我们的心中都有着美好的诗行，只要我们爱着这美丽的春天。

（写于 2017 年 3 月 4 日）

第二辑　　　　　　　缓寻芳草得归迟

——宋·王安石

　　许多美，是在寻常中发现的；许多真，是在不经意间触及的；许多善，是在潜移默化里感悟的。陌上花开，禅声水韵，晚来欲雪，之子于归，均为人间好时节。

今 日 立 春

2020年2月4日，农历正月十一，星期二。这天，傍晚17：03：12，随着太阳到达黄经315度，"立春"节气悄然而至。

一年365天，经历二十四个节气，一个节气15天，循环往复。立春是二十四节气之首，大寒是二十四节气之尾。立春与大寒，首尾相接，一个循环的终点与发端在此融汇。大寒是最寒冷的时节，正如物极必反，冷到极致，其性质必然发生变化，春天正是在这一变化中孕育的。"大寒"渐远，"立春"渐近，"立春"接了"大寒"的班，开启了万物复苏的序幕。

今日立春，虽时辰在傍晚，当天清晨已有感觉。早晨起来，打开窗户，但见天空晴朗，阳光灿烂，一股清新之风扑面而来。走到小院，面向东方，做着深呼吸，觉得特别顺畅。几只鸟儿在院中的桂花树上跳来蹦去，欢快地讲着话、唱着歌。

立春了，就是不一样，阳光蜜似的流淌在天地间，空气中明显暖和起来，人的心情也舒朗了。

依照老的习俗，立春这天，要多出去走动，不可躺在床上或宅在家中。这是有道理的。春天是一年之始，是生机益然的季节，在立春之日，漫游于乡间田野，呼吸新鲜空气，感受大自然蓬勃的活力，既愉悦身心，亦陶冶情操。而今年的立春，今年的春节，可能今后还有一段时间，我们只能宅在家中。

宅在家中，是因为"新冠肺炎"这场疫情。疫情在春节前首先从武汉爆发，继而迅疾向全国蔓延，中华民族面临着重大考验。国家有难，匹夫有责。对每个公民而言，响应政府号召，"宅在家，不串门"就是对抗击疫情的最大贡献。

因着这场疫情，这个年，过得冷清，寡然无味，兴趣索然。这个年，又特别刻骨铭心，经历的人终生难忘。

"年"，传说中"头长尖角、凶猛异常"的怪兽，长年深居海底，每到除夕，就会爬上岸来吞食牲畜，伤害人命，人们只得逃往深山，以躲避"年"的伤害。后来，在一位白发仙翁的指点下，人们用燃放爆竹、贴红对联、点亮蜡烛这三件法宝，将"年"驱逐，人间自此平安、祥和。

"年"被赶跑了，过年的习俗一代一代地传了下来。

有人调侃，"年"又杀回来了。为避免"年"的伤害，大家只能待在家中，不能出门。

亦有人说，来吧，"年"，古人只是将你驱赶，而今，我们现代人将你彻底歼灭。

面对疫情，不少人揪心，不少人焦虑，不少人恐慌，这很正常，也能理解。新增确诊，新增疑似，新增治愈，新增死亡，每天听着、看着这些冰冷的数字，确实令人不安。

但更多的是温暖，是感奋，是众志成城的力量。我们看到了以习近平同志为核心的党中央的坚强有力领导和科学果断指挥；看到了一群又一群"最美逆行者"告别亲友、带着责任、扛着使命，前往疫区，义无反顾奔赴战"疫"最前线；看到了广大医务工作者、共产党员、基层干部日夜奋战的疲惫而又最美的身影；看到了全国一盘棋、集中力量办大事的中国特色社会主义制度的优越性……

正如习近平总书记所说，中华民族是从艰难困苦中走过来的，中国有信心、有能力、有把握打赢这场疫情防控阻击战。

没有一个冬天不可逾越，春暖花开的日子必将到来。

今日立春。立春三候，一候东风解冻，二候蛰虫始振，三候鱼陟负冰。很快，冰雪就要融化，阳气逐渐生发，迎来风和景明，鸟语花香。

"万山不许一溪奔，拦得溪声日夜喧。到得前头山脚尽，堂堂溪水出前村。"立春日，记起这首诗，宋人杨万里写的。

（写于 2020 年 2 月 4 日深夜）

坟前，一株美丽的花

回民公墓从县城整体迁至农村，经多方努力，安置在一处风景秀丽之地。

此处甚好。公墓后方是连绵数里、峰峦叠翠的仑山，前面则是碧波荡漾、明亮如镜的仑山湖。周围林深树密，林间不时传出各色鸟儿悦耳的欢叫，显得山更幽、水更静。回民实行的是土葬，有人"无常"（去世）后，讲究入土为安，尽快地去真主那里"复命归真"。公墓前有照、后有靠，四周树环抱，可谓风水宝地。

伯母眠于这风水宝地。

伯母是有福之人。"无常"时无痛无苦，面容安详，无疾而终，享年102岁；"无常"后安葬于新建的公墓，恰似移居一个崭新的"家"，在这有山有水的地方，与先去真主那里报到的兄弟姐妹们相聚，享受着另一世界里的乐趣。

十一月六日，伯母"无常"一百天的日子。在大姐的组织下，伯母的后代，大大小小二三十号人，依照穆斯林的风俗，上山走坟。已是初冬时节，再过几日就是小雪，这天却是阳光灿烂，似春天一般，有着风和日丽的感觉。下车后走一小段路，来到伯母坟旁，通身暖暖的。

不知是谁惊叫起来："大家看呀，坟前长花了！"

抑或是边走边欣赏周边风景之故，谁也没注意到这近在眼前的一幕。定睛一看，确实，是有一株花，半尺来高，有枝有茎，有叶有花，正迎着阳光，轻轻摇曳着，似与我们点头致意。

大姐说，这叫凤仙花，是伯母年轻时喜欢的花。

凤仙花，别名叫"指甲花"，亦称"满堂红"，过去时常见到。种粮有季，花开有时。从时令上说，此时凤仙花早已凋零，缘何这株凤仙如此生机盎然？且周围荒草一片，唯一的一株，一株美丽的花，开在伯母的坟前？

阿訇说，老太太显灵了。

应是伯母显灵。我心里想。伯母姓王，名其仙。凤仙，其仙，花中有名，名里有花，名与花前世有缘。还有，她老人家年轻时喜爱凤仙，常用花汁包染指甲，用这最原始的方式装扮着自己，美化着生活，这或许亦是一种注定，注定由凤仙承载着伯母的情感，在其坟前生长、开放。

阿訇开始开经。一众后人，头戴白色经帽，肃立于坟旁，围着眠于地下的伯母，围着开着粉红色花朵的凤仙。

阿訇念着《古兰经》的开端章，抑扬顿挫，似吟似唱，似念似歌，如一曲神圣、优美的旋律，在林间回荡着，向四野弥漫着。山被感染了，水被感染了，一草一木被感染了，生者的心灵被感染了……

伯母，您听见了吧！阿訇在为您祷告，您的后人都在为您祷告！

凤仙花，您坟前这株美丽的花，她听得真真切切。

这花有灵性。我们走后，她会向您细细讲述这一切！

（写于 2019 年 11 月 20 日）

天 冷 了

已是大雪时节，再过几日就是冬至了，可气温依旧在16℃以上。阳光暖暖的，清风拂面，似三月杨柳风，拂面不寒。

冬天的季节，春天的感觉。这感觉并不好。冬天就应是冬天的光景。似这般，冬不像冬，春不像春，如男生忸怩作态，且带着娘娘腔，让人浑身不舒服，很是别扭。

想起一首老歌，歌中有这么两句：夜半三更哟盼天明，寒冬腊月哟盼春风。现如今，我们亦有着一个盼望，盼望着天冷，回到冬天的时空里。

还真盼来了。天气预报说，从今日夜里起，受持续冷空气影响，气温逐步下降，最低气温将下降7℃~10℃。《扬子晚报》在头版刊登消息，称这一轮"超长待机的晴暖冬日"即将进入尾声，并温馨提示，从19℃到零下几度，温度跨度大，大家要扛住。

现在的天气预报想不准都难。半夜，被淅淅沥沥的雨声唤醒，"寒雨连江夜入吴"，躺在床上，有了些许寒意，一时无眠。听着雨声，虽是寒夜，却有点诗情画意，随着雨声忆着过去，想了很多。

想到了一首夜雪诗。诗曰："已讶衾枕冷，复见窗户明。

夜深知雪重，时闻折竹声。"白居易不愧为诗坛大家，把这首夜雪诗写活了，读了有身临其境之感，使你宛若就在这个寒夜，知道外面的雪下得很大，也听到了雪把竹枝压折的声音。我觉得，这应是冬天该有的意境。

想起了那个年代大人们泡澡堂子的情景。一路走来，二十世纪六七十年代最是难忘。虽然大家的日子都过得紧紧巴巴的，但在江南的这座县城里，每到寒冬腊月，唯一的一家"工农兵浴室"总是热闹非凡。小城的大人们有冬天泡澡堂子的习惯，天气愈冷，澡堂子里的人愈多，有的是来泡泡澡、擦擦背、修修脚，休息放松一下，有的则是来此处避避寒气，凑凑热闹，说说话、拉拉呱，听听小道消息。那时我小，到了冬天都会随父亲去澡堂子，大人们说什么，我们小孩子听不懂，也不想去弄明白，我们只是觉得澡堂子里人多、热闹，有时能吃到花生米和桃酥。室外天寒地冻，屋内温暖如春。那时的澡堂子，充溢着人情味、烟火气。

想到了部队，想起了老班长。四十年前，一批高中毕业的热血青年穿上绿军装，意气风发地奔向梦寐已久的军营。军营在秦岭山下、赤水河畔。我们是在小雪时节到达部队的。对于我们这些南方兵而言，一荒二冷，是刻骨铭心的第一印象。当晚住在一排破窑洞里，寒风嗖嗖，拼着命地从门缝、窗孔朝窑里钻，薄薄的军被根本聚不起热乎气。或许是太冷了，或许是没想到条件如此艰苦，大家翻来覆去，毫无睡意。班长老韩是甘肃天水人，入伍已三年，在部队里算是老兵了。他见我们睡不着，问我们是不是想家了，我们说不是，他说既然不想家就赶紧睡吧，明天还要出早操呢！唉，越想睡越睡不着，一个班十二名新兵，有的唉声叹气，有的小声地说着话，有的干脆披起棉袄，坐了起来。

老韩见状，说，大家都不想睡，我们一起唱个歌好不好，我们说好。他说就唱个九九艳阳天吧，我来起个头。"九九那个艳阳天唻——唉嗨"，我们跟着老韩小声地唱了起来……

那个夜晚，终生难忘。四十年了，时常地想起那个冬夜，想起班长老韩，想起那支歌。

一年四季，春夏秋冬，各有各的特性。冬天的特性就是冷，不冷，没有西风烈，不见雪花飘，能算是冬天吗？

倘若冬天不像冬天，那春天还美吗？人们对春天的期待可能就没有了意义！

天冷了。冬夜漫长。躺在床上任思绪飞扬，想了很多，大多是往事的回忆。看来，冬夜适宜回忆，易挑开怀旧的幕帘。

想着，忆着，不知不觉进入了梦乡。

（写于 2019 年 12 月 18 日）

葛

葛，豆科，多年生草质藤本植物，传统的中药材，生长于温暖、潮湿的坡地、沟谷、向阳矮小灌木丛中，羽状复叶，蝶形花冠，有粗壮的块状根。

此物缘何叫葛？是谁给它起的这个名？我曾咨询相关人员，给的答案是：没啥来历，它就叫葛！回答干脆、明了，似乎很权威，实质缺乏说服力。譬如孩子出生，不可能从娘胎里带着名字出来，总是在其呱呱落地之后，大人们或依家族班辈，或据生辰八字，或引经借典，或寄予某个方面希望，为孩子起个名字，其实就是给孩子贴个标签，知道这是谁谁谁，那是某某某。

葛，所以叫葛，亦如孩子起名，并非天生固有，应是世人冠之。这就不能满足于知其然，而要向深度开掘，探个究竟，知其所以然。

葛有来历。其来历源于一个美丽的传说。

相传东晋升平年间，葛洪（著名道教理论家、医学家、化学家、养生家，今江苏句容人）带领弟子在仙山福地——茅山修道炼丹，因炼丹须用丹砂、雄黄、云母、硫黄等原料，终日烟熏火燎，紫烟漫卷，空气中弥漫着刺鼻的有害气体，时间一长，两弟子因修行不深，毒火攻心，口臭牙疼，身上出了红疹。葛洪看在眼里，急在心头，用了许多草药，但均不见效。一天夜里，葛洪梦见三清教祖来到眼前，慈祥地指点道："此山长有一种青藤，其根如白茹，渣似丝麻，榨出的白液，清凉中略带甘甜，既可清热解毒，祛燥消疹，亦可煮之食用充饥，你不妨寻来一试。"

葛洪闻之，喜出望外，连连叩谢三清教祖。

尽管是梦境，但葛洪坚信：梦能成真。

第二天，葛洪独自一人，按教祖梦中指点的方位，在山中寻找"青藤"。途中，一位樵夫告诉他：再往东走二三里，在一个山垄中，有你所要找的那种青藤。葛洪认为，这位樵夫非寻常之人，定是三清教祖安排的"仙人指路"。有了精神支柱，他劲头更足，加快步伐，一口气跑到指点处。

但见此处古藤缠绕，野趣盎然。平地上，藤攀藤、叶挤叶，如铺着一层翠绿的绒毯；山坡上，树挂藤、藤缠枝，随着山风摇曳，不时地起伏着，似海面上清柔翻卷的波浪。葛洪无心欣赏这秀丽景色，在一片松软的黄土坡上，他选中一株粗壮的青藤，用树棍撬，用手指抠，终于将一根钵盘粗的大藤根掏了出来。

藤根苍健遒劲。葛洪将其挪至汩汩流淌的山溪边，洗净藤上泥土，背回抱朴峰下的炼丹处。山间茅草屋里，葛洪的脑海中一遍又一遍地回放着梦中的情景，悉心照着教祖指点的步骤，将藤根切成片状，用锤敲碎，挤出白浆，煮熟。两个弟子喝下浆水后，顿感浑身舒坦，原先燥热的身体逐渐平静下来，没几天，两弟子的病就全好了。

神仙托梦，梦境成真。青藤能治病、可充饥，消息很快传开，人们纷纷进山采挖，自此，青藤带着一股仙气，伴着一个美丽的传说，进入寻常百姓家，成为山里人常用的一种食材，更是一味清热解毒的本草药材。

因此藤为葛洪发现，并由他医治民间疾苦，当地百姓纪念葛洪功德，将此藤取名为"葛"，尊称葛洪为"葛仙"。

我曾想，倘若三清教祖不曾托梦指点，倘若葛洪不去艰辛寻觅，很可能这个叫"葛"的青藤仍沉睡于深山老林之中，还是无名无姓、默默无闻。有时又想，于人类有用的东西最终会被人类发现并利用，就如这藤，没有葛洪去寻，会有张洪、李洪发现，总归会有人将这沉睡的青藤"唤醒"。

我对葛有着极深的记忆，这一记忆驻足于二十世纪六七十年代，是我十来岁时的光景。那时，每到冬至，总有山里人挎着竹篮，徒步数十里路，来到县城的鲜鱼巷口，叫卖煮熟的葛（其实是葛根）。完完全全的提篮小卖。山里人，大多是五六十岁的老汉，或蹲在商店门口，或倚在电线杆上，或像电线杆一样站在那里，面前是装着葛的各色竹编的篮子，篮子上搭着厚厚的粗布，粗布上放着把带柄的月牙形的切刀。煮熟的葛，褐色，有着一股特有的清香。正是这股清香吸引着我们这些城里的孩子。我们用少得可怜的零花钱，在瑟瑟寒风中兑换着竹篮里的清香。有的是两分钱，有的是三分钱，也有一分钱的。山里人拿起切刀，掀开篮子上的粗布，按钱切售，一般是一分钱切一圈，有时遇到好说话的，会切得宽一些，我们则会觉得占了很大便宜，心里美滋滋的。

永远忘不掉当时的那个滋味。煮熟的葛嚼在嘴里，面面的，起初有丝丝苦感，愈嚼愈有味道，渐渐渗出甜意，满口生香，荡气回肠。

岁月不居，时节如流。一晃几十年过去了，眨眼间到了怀旧的年纪。一次，与老哥叙旧时谈及葛根，说到那年那时那味道，没曾想老哥郑重其事找了山里的朋友，一下弄来几十斤的葛，我甚为感动，放在冰箱里品尝了好多天，但始终没吃出当年的感觉。

吃不出当年的感觉也是正常，毕竟现在条件好了，物质极大丰富，缺吃少穿的年代一去不复返了。但无论怎么变，葛根确实是个好东西。在传统中医药和道教养生文化的影响下，葛根走进了大众生活，也成为现代预防医学中的一朵奇葩。

葛，源于自然孕育，汲取天地灵气。千百年来，它带着美丽的传说，用神奇的功效镌刻在文明的记忆深处，展现着本草的魅力。

（写于 2019 年 4 月 15 日）

你好，九月的镇江

　　时间就像个赶路的小伙，一天赶着一天，一月赶着一月，一个季节赶着一个季节，脚步匆匆，铆着劲地向前走着，一刻也不耽搁。

　　这不，还未来得及跟八月说声再见，日子忽地一个转身，闪进了九月的大门。

　　九月是人间最好的时节。

　　这时节是初秋到仲秋的过渡，没了夏天的炎热，"秋老虎"也威风递减，但又与"秋风秋雨愁煞人"的深秋尚有一段距离，天气既不太热，亦不太凉，有着恰到好处的人体舒适度。此时，秋高气爽，天阔云淡，随处走走、逛逛，会觉得风儿是轻柔的，云朵是悠闲的，天际是邈远的，这景象最能撩起人的闲情雅致，一些懂生活、会生活的人，以各自喜欢的方式过着自己舒心的生活。

　　在四时中，林语堂偏爱秋，不过他所爱的不是晚秋，是初秋。老先生说："那时暄气初消，月正圆，蟹正肥，桂花皎洁，也未陷入凛冽萧瑟气态，这是最值得赏乐的。"

　　九月的镇江现出初秋别样的况味，也是最值得赏乐的。

　　走过春天，经过夏季，初秋的镇江色彩斑斓，仪态万千，展示着一种成熟的美韵。金山湖水，问情千千。白娘子爱情公园里，百亩荷塘莲叶田田，莲花虽已过了盛开期，却还有一些花儿坚持与绿叶厮守着，似在践行着不离不弃的诺言。清风徐徐拂过，荷叶波动，莲花摇曳，"鱼戏莲叶间"。行走在游步栈道上，穿行于绿叶红花中，眼望着远处，心境完全地舒展开来。千年古刹金山寺，此时完整地摄入眼帘，整座山被寺庙紧裹着，透着佛门特有的色彩，在秋阳的照耀下，显得神圣而又精美。

触景生情。徜徉在金山湖畔，听着从寺庙里飘出的有着节奏和韵味的诵经声，不由地想起白娘子和许仙，想到了法海，心中回荡着一段流传千年的凄美爱情故事，"千年等一回，我无悔……"高胜美那甜美的音色也飘了过来。

这时节不妨到江边走走。可能是因了九月的明净和温润，初秋的江水如一幅陈年的油画，多了一份柔情和澄碧，也多了一份耐人寻味的深邃。在江边漫步的人很多，他们或是老两口，或是小夫妻，或是独行客，或是几人一群，悠闲地走着、看着，自由自在地欣赏着滨江风光，个个脸上荡着幸福的笑容，似平静江面微微漾开的涟漪。

老天爷其实就是一个画匠，拿着调色板给四季上彩着色，让大自然随着节气变幻着不同的景象。老天爷对镇江十分垂青，把九月的南山装扮得分外多彩和妩媚。这里群山环抱，青峦错落，林相斑斓，风景清幽，是一个可以做深呼吸的地方。近八公里长的南山绿道蜿蜒于群山之中，行走在棕红色的沥青路面上，呼吸着"森林氧吧"输出的新鲜空气，领略着一路"悠、静、清、和"的生态特色，既愉悦了身心，又处处目睹着城市山林的美丽。

诗人说，初秋是有情调的，也是雅致的。在镇江，你要感受这样的情调和雅致，最好的去处就是西津渡。这座千年古渡，经过千余年沧海桑田的变迁，被岁月演变为一条古朴幽深的老街，静静地卧在云台山下。唐、宋、元、明、清，它一路走来，在此演绎着朝代兴衰更替的历史正剧。如今，老街背负着历史的踪迹，烙着文化的印记，向南来北往的客人讲述着古渡的人、古渡的情和古渡的义，同时，它也以青石板路面上那深深的车辙，以街两边错落有致的小楼，以精致的雕花、斑驳的柜台，展示着古渡老街的沧桑。行走于九月的西津古街上，英籍华人女作家韩素音的感受是"仿佛是在一座天然历史博物馆内散步"。是的，在这个美好的时节，你在西津渡，会遇着撑着油纸伞、扎着小辫、带着忧郁眼神的"丁香姑娘"；会看见婀娜多姿、款款而来的一队"旗袍秀"；一碟香醋，两块肴肉，三两锅盖面，在街旁小店，花不多的钱就可享受"镇江三怪"……你会因为西津渡而更爱镇江。

西津渡旁云台山，云台山上云台阁。每年中秋之夜，云台阁人文荟萃，老少咸宜，数百人饶有兴致地参加文广集团举办的"云台邀月·中秋雅集"活动，在此品茶、赏月、吟诗、咏唱。月正圆，桂正开，经典咏流传。如此中秋夜，因有了诗与词，因有了风雅颂，便站上了精神高地，使得世俗的日子增添了优雅，也增加了品位。

九月，明净的天空令人心静，凉爽的秋风使人心清。心静了，心清了，你会发现生活中的更多美好，也会发现很多的美好其实就在你的身旁。我所居住的小区靠山近水，名曰

"我家山水"，此时，在秋风的熏染下，柿子红了，橘子黄了，桂花散发着幽香，蓝蓝的牵牛花张着小喇叭，爬在庭院的栅栏上，迎着风儿轻轻摇晃。早晨，阳光穿过树梢，温馨地照耀着小区，草是绿的，树也是绿的，色彩不深也不浅，看起来十分舒服。一大早，小区的广场上就聚集着人气，有遛狗的，有舞剑的，有打太极拳的，有跳扇子舞的，还有一些老人谈笑风生。这是一幅和谐的画面，是一种意境，亦是一种美好。

镇江，有山有水有故事。一代又一代的镇江人以智慧和汗水改变着镇江，朝着现代山水花园城市的目标奋进。在这个九月，这座面积不大、人口不多的地级市，更显大江风貌，更现城市山林，似乎比平常美了许多，让人有着难以言说的妙处。

你好，九月的镇江！

（写于 2018 年 9 月 26 日）

小院四季曲

序曲

在城市里居住，能拥有单门独户的院子应是很多人的渴望和梦想。倘若拥有一处带院的房屋，哪怕院落不大，再倘若小院被打理得花繁叶茂、活色生香，想必无论是小院主人，还是有意或无意的观者，其心中定会充溢满满的愉悦，而这样的愉悦愈厚实愈持久，想必对社会和谐愈具有潜移默化的浸润功效。

家有小院，心有港湾。一年四季，春夏秋冬，我家的小院随着季节的更替，变换着色彩和风情，演奏着不同的乐章。

第一篇章　春之绚

"东风随春归，发我枝上花。"小院里最先感知春意的是鱼池边的迎春花。时节虽已立春，但因着是农历的正月，还是寒风飒飒，寻不见亦感觉不出春的气息。迎春花敢为天下先，池面还结着薄冰，她毅然地顶着风寒探出头来，"金英翠萼带春寒，黄色花中有几般"，成为报春的使者。

一花引得百花开。紧接着，在"雨水"的沐浴和"惊蛰"的震动中，海棠的枝干上绽出茸茸的嫩芽，原先的常绿植物如桂树、橘树，老叶间生出油光碧绿的新叶，老叶慈爱地挪出空间，让新叶尽情享受着阳光雨露。房屋西墙角的那株蜡梅依旧挺拔着，只是经过一冬的傲霜斗雪，显得有些沧桑，待到枝干上的梅朵渐渐落尽，才慢慢地冒出芽来。

暖风乍起，吹皱了一池春水，池鱼感知到了暖暖春意，开始浮上水面嬉闹起来，沉睡一冬的小池塘苏醒了。

随着池鱼的嬉戏，院内的各色花儿次第开放，小院顿时姹紫嫣红，弥漫起忽浓忽淡的花香。三月，海棠花开，一朵一朵的，似挂在枝头的樱桃。四月，橘树花开，一应的白色，聚集在青枝绿叶中，几天后绽开花瓣，吐出带着清香的花蕊。五月，石榴花开，碗口粗的石榴树上，花儿开得星星点点，红红火火，大的、小的、含苞待放的，满树都是。最热闹的要数那些插栽的花花草草，她们有的攀附在栅栏上，有的"逗留"于池塘边，有的"停靠"在假山旁，几十种花草个个被妻子伺弄得有模有样。"欢笑格鲁吉亚""亚伯纳罕""龙沙宝石""夏洛特夫人"，这些均是花名，称为"欧月"，即欧洲月季。小院里亦有我们国产的月季，也称"国月"，品种有"月月红""红双喜""粉扇""大花香水"。与"欧月"相比，"国月"如国人性格一般，显得内敛、含蓄，开得不像"欧月"那样夸张。

妻子对院里的花草如数家珍，个个叫得出花名，像熟悉自家孩子一样。她指着"铁线莲"说，这个品种有着高低贵贱之分，最高级的是"总统铁线莲"，低层次的有"小鸭铁线莲""羞答答铁线莲"；她又说起"绣球"，告诉我这是"无尽夏"，那是"万花镜"，还有"花手鞠"。各类草花更是有趣，"姬小菊""矮牵牛""天竺葵""水晶菊"，名称虽有点稀奇古怪，却在小院的角角落落里密布着，烘托着盎然的春意。

在这个春天，在这个小院里，该开的花先后都开了，整个小院花团锦簇，绚丽多彩，掩映在层绿里，沉浸于芬芳中。

第二篇章　夏之璨

留春春不住。春天还未看够，一不小心就走进了夏天。莫怪春光短暂，是夏等待不及，急匆匆地赶来了。

赶来也好。赶来了总要露几手，表现出与春的不同。确实，夏日的小院又是一番模样，各色花草树木铆足了劲，蓬勃生长着，眼前璀璨一片。

"红双喜"和"蓝雪花"一左一右立于门前，顺着花架向四周伸展。"红双喜"盛开着，花朵似小喇叭，张着嘴、吐着蕊，笑意盈盈，宛若年轻貌美的迎宾小姐。"蓝雪花"叶绿花蓝，花儿随风抖动着，如腰肢扭动的舞女，优雅地展示着婀娜的形体。

休眠了一年的睡莲被夏日骄劲的阳光唤醒，伸了伸懒腰，静静地躺在水面上，似是在做着开花前的准备。不几日，睡莲的花开了，有的浮在水中，有的挺出水面，白的如雪，红的似火，粉红的娇嫩，鹅黄的妩媚。睡莲花期很短，孕育一年也就开个三至五天，且白天开放，夜晚闭合，如人一般，夜晚美美地睡上一觉，第二天便又有了精神。睡莲醒得很早，等小院主人起床来到池边时，她已甜美地绽开，向主人报以灿烂的笑容。

　　栀子花和玉兰花一直低调地隐在小院的西南角，不与绚丽春色争宠，也不因主人对她俩不太在意而悲戚。她俩相互关照着，互相勉励着，在风吹雨打中悄悄成长，等待着自己的花期。花期一到，无须提醒，她俩即时张开花瓣，小院里外连续多天飘着沁人心脾的清香。

　　紫薇树无论是生叶还是开花，总是"慢人一拍"。发叶前，树皮脱落，枝干屈曲光滑，一副厚重沧桑的样子，让人担心它来年能否活过来。它每年都活得很好。尽管来得迟些，却枝繁叶茂，满树开花，而且花期很长，有百日之久，成为小院夏季最为灿烂的风景。

　　小院里的花草树木委实赏心悦目，但毕竟是视觉享受，只能看不能吃。小院里有一小块"自留地"，主人忙活着在地里种些能吃的东西，忙来忙去还真忙出了名堂，春上撒下的籽、栽下的秧，夏天有了收获。茄子长得油光光的，西红柿结得红彤彤的，苋菜发得水灵灵的，黄瓜吃得脆生生的。主人既忙花又忙菜，眼福口福俱饱，累并快乐着。

　　第三篇章　秋之韵

　　8 月 7 日，立秋。这天夜里下了一场透雨，把高温狠狠地压了下去，天气顿时凉爽起来。

　　"薄衣初试，绿蚁新尝，渐一番风、一番雨、一番凉。"天凉好个秋。若论人间最好时节，莫过于仲秋。这时节，天高云淡，水碧山青，花草树木渐渐色彩斑斓，人们沿着湖边漫步，伴着和风细语，闻着苇声桂香，有着难以言说的惬意。

秋日的小院逐渐成熟丰满起来，现出别致的风韵。

池边的葱兰开出繁茂的花，花瓣雪白，花蕊金黄，一白一黄，两种简单的色彩在池岸构成生动的画面。紫薇树下，一簇雏菊和一捧微月静悄悄地开放着，也是两种颜色，雏菊鹅黄，月季深红。小院中央，一盆三角梅迎风晃动，粉红色的花儿闹在枝头，一旁，五色梅花叶相扶，透出秋日里的小清新。橘树周围开满深蓝鼠尾花，这花叶茂花稀，紫色的花在茂叶中若隐若现，似过去的孩子躲猫猫一般。

石榴和橘树今年特别争气，春时花满枝头，这时节已是实实在在的硕果累累。橘子个个圆润饱满，树枝已禁不住果实的悬挂，满树的枝叶向下低垂着，有的已贴近了地面，不时与大地深情拥吻。

小院东侧的枫树默默等着时令的召唤，它不急不躁，如同上台演戏，没它的戏份则隐身一旁，轮到它时，它会闪亮登场，向世人展示着被秋霜染就的火红。

桂树主干挺拔，华盖如伞。粉银色的桂花开在繁密的绿叶中，星星点点，如缀在天幕上。花儿暗香浮动，小院内弥漫着幽幽的香气。

"自古逢秋悲寂寥，我言秋日胜春朝。"秋日的小院清新明快，花草树木绽放着丰美的生命色彩。即使一场秋雨一场凉，逐渐红消翠减，华偃物息，小院的草坪上落满金黄，也丝毫寻不见半点的失意和愁容。天高云淡，落英娴静，有着不尽的诗意，更可悟出人生深刻的哲理。

第四篇章　冬之寂

小雪至，西风起。此时，阴气下降，阳气上升，天地不通，阴阳不交，天气进入严寒时节，万物逐渐失去生机。

小院及小院里的花草树木经受着霜打风逼，几番对抗后，终是敌不过西风无情的荡涤，随着紫薇率先"降服"，其他生物逐一"败下阵来"。常绿的桂树、橘树拼着劲儿保持着自己的本色，但绿着的枝叶明显缺了精神，现出萎靡不振的样子：花移暖房，鱼潜池底，草枯枝秃。小院萧条、落寂起来。

萧条，落寂，是冬季小院的景象，亦是四季交替的自然规律。其实，萧条、落寂是表象，骨子里是在"休养生息"，做着深厚的积累，孕育着新的生命，但等着一声春雷，唤醒沉睡的寂静，去迎接明媚的春天。

天气预报某日降温，朋友圈里都在温馨提示，相互叮嘱添衣防寒，寒冬中流淌着暖暖的关怀。预报很准，当日气温陡降至零下四度，因着无风，且阳光灿烂，并未感受到想象中的寒冷。朋友圈又是一番热闹，在午后的暖阳下，有的晒其品茗，捧读着一册《读者》；有的发其江边漫步，江岸边，芦花摇曳；有的秀其全家恩爱，三代人在阳光下其乐融融。

天空明净高远，小院里洒满阳光，显得安静与无争。正想着怎样地享受着，尊敬的老领导蒋定之先生发来新作《少年游》：

枫桥流水，霜溪石畔，寒菊守清多少。玉色年年，腊前争发，浅韵寄新春。

无哗意，亦无脂面，惟见月笼云。话说千般，独怀陶令，灯光小山村。

老领导游宜兴太华山村，此地溪水潺潺，冬菊怒放，触景感怀，即兴赋词一曲。

望着窗外，觉得阳光下的小院有了些许灵动，不再那么冷寂。默诵着老领导的新作，心中向往起那个有山有水有菊有炊烟的地方。

随即回复：一幅初冬时节山村水墨画，静谧，怡然，寒菊傲霜。

小院在默默地等待着，等待着一场雪。雪是冬天的魂，没有雪的冬天是不完整的。小院亦是如此，唯有借助雪，才能感受雪白世界童话般的静美。

或许是早已约定，2018 年的第一场雪如期而至。风飘雪舞，纷纷扬扬，"未若柳絮因风起"，一会儿工夫漫天皆白，混沌了天地，浪漫了人间。因着雪的滋润和装扮，沉寂多时的小院瞬间生动起来，那树、那竹、那石、那栅栏全披上了银装，展示着各色姿容。此时小院，一年里最美，如梦似幻。

欣赏着小院的雪景，觉得赏雪也是赏心，赏雪的时刻，心中会生发出一朵又一朵纯洁的雪莲。

尾声

从春到冬，再从冬到秋，月圆月缺，花开花落。伴随着季节，小院因时而变，扮演着不同的"角色"。有时突发痴想，到底是季节变化着小院，还是小院承载着季节？有时想明白了，有时却越想越糊涂。

由小院、小院之景，理出一点有益启示：人生亦有季节，恰似一年四季、春夏秋冬。

（写于 2017 年 2 月，成于 2018 年 1 月）

禅声水韵

朋友老傅从国外发来微信，邀请我某月某日前往上海朱家角水乐堂游玩，跟着谭盾去听"天顶上的一滴水"，并说，来了会给我一个惊喜。

天顶上的一滴水？听起来有些悬，却极具诱惑力，似有纤巧手指在不断地撩拨，撩拨着你好奇的心弦，撩得你恨不得立刻就去探个究竟。

作为音乐大家，谭盾本身就是个金字招牌，冲着他的名望也值得一去，更何况他是实力型的国际大师呢！确实佩服谭盾，或许是血管里流淌着"不安分"的血液，他总是有着与众不同的创意创作理念，正是与众不同，其音乐作品屡获高级别大奖，使得中国音乐在国际乐坛占据一席之地。

那么问题来了，这"不安分"的血液是如何流淌到朱家角，整出个"水乐堂"，又打造出"天顶上的一滴水"这台实景演出来？著名主持人杨澜也曾问过他，水乐堂为何建在上海青浦的朱家角，而不是纽约、威尼斯？他说，这源于朱家角的人情、水景和古老的圆津禅院对他的影响。

一个初夏的傍晚，他轻舟荡漾在朱家角的小河上，听到河对岸圆津禅院的僧人吟唱，情、景、声交融，美极了。宁静中他有了一种幻觉，好像听到了音乐圣人巴赫在演奏。幻觉中，他感知了"天人合一"的美妙，领略了"东方与西方"相融的魅力。他音思涌动，创意大发，决定创作"建筑音乐"，把建筑和音乐溶于"水乐堂"，将河水引入屋里，再流出去，让观众和演出者犹如获得洗心的经历。

这就是谭盾。这就是谭盾打造的水乐堂。这就是他创意的实景水乐——天顶上的一滴水。

百度得来终觉浅，绝知此事须亲历。那日，正是周末，我们一行应约来到素有"上海威尼斯"之称的朱家角。小桥流水，粉墙黛瓦，深巷幽弄，吴侬细语，典型的江南水乡风格，与周庄、同里一般模样。我们循着路旁指示，上街，过桥，穿巷，无心欣赏夕阳余晖洒落河面的波光水景，亦无心品尝街边漾着味、飘着香的各色小吃，直接奔着谭盾的水乐堂而去。

水乐堂是由古镇老宅修整而成，其外观依旧保留着水乡民居的原始风貌。而其内里，构建的是 21 世纪多功能空间，融合着环保的理念、水乡的文化和天人合一的哲理，而这也成就了谭盾对音乐空间的一个梦想。在这里，建筑是凝固的音乐，音乐是流动的建筑，可以把音乐当建筑看，亦可将建筑当音乐听。作为实景水乐，"水乐堂·天顶上的一滴水"是建筑也是音乐。

晚 7 时，演出准时开始。水从河上流到屋里，观众围坐的一池水面，即是"水乐堂"的舞台。四场演出皆贯穿于水，水韵十足。演员起始席水而坐，继而和着音乐踏水而舞，女高音唱着含有江南小调元素的清歌，在水中手舞之、足蹈之，几位小提琴手边行边奏，加入进来，立于女高音周围，相视而笑，踢水抚弦。演员踏水溅起的水花落在观众身上，引来观众互动，拍手以应，报以赞许的微笑。

忽然，只能说是忽然，因为观众此时正专注于舞台，沉浸在水的旋律，舞台后方三四米高的落地玻璃门向两边缓缓打开，水乐堂与玻璃门外的小河及河对面的圆津禅院连为一体，我（也可说是全体观众）顿觉眼前一亮。屋外月色正好，水面泛着银光，强劲灯光照射下的寺庙显得巍峨庄重，寺塔中部的廊檐下，十余位僧人面向水乐堂，双手合十，伴着禅乐，低声吟唱，专心地做着"晚课"。月色溶溶，梵音袅袅，清风徐徐，我恍若步入仙境。

落地玻璃门徐徐合上，情景切回到堂内。但仍觉梵唱绕耳，如溪水一般，潺潺流着，从堂内流向屋外，又从禅院流回堂内。忽然，又是一个忽然：一束水从屋顶像眼睛般的天井中骤然落下，水幕下女演员们或以水筛筛水，或敲击水鼓，周边一片澄明，唯听水声叮咚。渐渐，堂内归于寂静；寂静中，传来滴答滴答声响，似天籁之音，有着叩击心灵的震撼。天顶上的一滴水，滴落世间，恩泽苍生。

此刻，有人享受着，有人遐想着，也有人思忖着。曼妙的歌声再度响起，女高音用清亮的嗓音唱出如画的诗句："空山新雨后，天气晚来秋。明月松间照，清泉石上流……"

演出在如诗如画的意境中落下帷幕。对岸禅院和渔舟上的僧人隔河与我们挥手致意。岸边泊着一叶扁舟，我们几个坐上去，摇摇晃晃地划向吃夜宵的地方。

禅声。水韵。月色。谭盾喜欢水，他说："水知道一切。"这禅、这水、这月，过去、现在、将来，什么荣辱、什么得失、什么多少，这一刻，仿佛有了新的哲学思考。

（写于 2017 年 11 月 26 日）

送　别

长亭外，古道边，芳草碧连天。晚风拂柳笛声残，夕阳山外山。天之涯，地之角，知交半零落。一瓢浊酒尽余欢，今宵别梦寒。

——李叔同

　　这是李叔同的《送别》，作于一百多年前的 1915 年，当时他在杭州第一师范任教。有学者研究曰：此词此曲蕴藏出世顿悟的暗示。据说，完成《送别》不久，李叔同就弃世出家，修炼成为著名的弘一法师。

　　《送别》词浅意深，旋律舒缓，百年传唱不衰，无愧经典名曲。在中国，会唱歌的，恐怕很少有人不会唱这首歌，但又有多少人解得其中味呢？

　　人生就是悲欢离合。一个人一辈子很难逃脱这四个字。有离就有别，有别就有送。有了送别就有了情节、有了意象，有了长亭饮酒，有了古道相送，有了折柳赠别，有了吟诵和传承千年的送别诗。

　　古人重情重义，亦讲究礼数。亲人离乡，好友分别，总得相送一番，相沿成习，逐渐形成定式。"剪不断，理还乱，是离愁。"大多的送别诗表达的是留恋、不舍和伤感的愁绪。这好理解，古时交通不便，山高路远，水深流急，今日一别，不知何时相见，亦不知此生是否还能见面。文人骚客尤以为甚，分离时情感充沛，在驿桥边，在易水旁，在长亭外，在柳荫下，留下一首又一首叙情述志、嘱安寄愿的诗篇。

翻阅唐诗宋词，不乏写景言情的送别诗词，且以名人名篇居多。说到李白，有《送孟浩然之广陵》；提到王昌龄，有《芙蓉楼送辛渐》；谈及周邦彦，有《夜飞鹊·别情》；论起苏轼，有《临江仙·送钱穆父》；言之杨万里，有《晓出净慈寺送林子方》，等等。"劝君更尽一杯酒，西出阳关无故人"，"桃花潭水深千尺，不及汪伦送我情"，"莫愁前路无知己，天下谁人不识君"，"海内存知己，天涯若比邻"，"洛阳亲友如相问，一片冰心在玉壶"，"忽如一夜春风来，千树万树梨花开"。送别诗中的这些名句，耳熟能详，许多孩童都会背诵。

众多送别诗中，最能撩拨心弦的当是刘禹锡的"长安陌上无穷树，唯有垂杨管别离"。我们的先人，或是久远的文人，很是富于想象，让离愁别绪与垂杨结下不解之缘。树木成千上万，但品种不一，各自生长，各司其职。柳树，亦称"垂杨"，其分工是主管别离。故而，离别诗中常有"柳"的吟唱，也有了折柳送别的习俗。有人不太理解，大千世界，林木森森，缘何让轻飏杨柳担负主管别离的重任？

这不难解释。汉语中"柳"与"留"音同，古人折柳相送，巧用谐音以表挽留之意。再者，因着柳丝细长而茂盛，亦暗喻送者的绵绵之情，白居易《杨柳枝》诗曰："依依袅袅复青青，勾引春风无限情。"还有，柳树适应性强，无论是池边河岸，或是山地丘陵，只要有一线阳光，一缕和风，一抔湿土，都是它生长的好地方，"无心插柳柳成荫"。

如此三说，只能是"唯有垂杨管别离"了。而垂杨总是无私奉献着，尤其是春和景明之际，送别的人愈多，它的贡献愈大，有时甚至不够人们的攀折。"杨柳东风树，青青夹御河。近来攀折苦，应为别离多。"王之涣的这首《送别》，正是对这一场景的描述。

折柳也并非都是用作送别，亦可表示情爱。江苏丹阳有一折柳镇（现并入陵口镇），其镇名有着美丽的传说。"吴亡后，西施复归范蠡，同泛五湖而去。"一日，俩人泛舟游至丹阳，但见山清水秀，桃红柳绿，柳枝随风飘荡，柔和地拂着水面。西施触景生情，折杨柳以作两人定情之物，并在折柳处立碑刻上"折柳"二字作永久纪念。折柳镇由此得名。

送别诗大多悲悲切切，"儿女共沾巾"。宋人王观的《卜算子·送鲍浩然之浙东》却一反常态，写得既有情意又富灵性。

水是眼波横，山是眉峰聚。欲问行人去那边，眉眼盈盈处。

才始送春归，又送君归去。若到江南赶上春，千万和春住。

此词构思新巧，笔调清快，风趣俏皮，在送别之作中别具一格。诵之，有渐入佳境、心驰神往之感。

古人送别是一首情义诗，是一幅山水画，是一部有故事的情景剧。古人的生产、生活和交往方式，现代人难以想象；现代人当下的状态，古人是怎么想也想不出的。然而，古人诸多好的东西现代人没能传承，譬如，古人很讲究"仁、义、礼、智、信"，现代人不妨"以古为镜"，看看在这方面做得如何？再譬如，古人非常看重毛笔字，从小习文练字，现代人尤其是现代大学生，又有多少人能写出一手好字呢？

"日暮酒醒人已远，满天风雨下西楼。"古人送别注重礼节、仪式，可能太复杂了一些，现代人送别发个微信、打个电话，可能也太简单了一些。其实，有些事情该做的还是要做，该有的礼数还是要有，不因时代的改变而改变。

(写于2017年8月20日)

谢谢你寄来的雪

昨天，11 月 22 日，小雪节气。

北方已银装素裹。老排长家在陕西咸阳，退休后喜爱上了吹拉弹唱，整天和一些大爷大妈一起忙着演出，为社会贡献着余热。每有演出，他总会在战友群里晒出现场的照片，这不，昨天下午连续发了 N 张相片，均是大雪纷飞下的演出镜头，并配诗曰："咸阳雪花飘，演出热情高。"

群里瞬时热闹起来。有的点赞。有的羡慕。有的戏说道："排长，有没有演出感情来，相中一个俊俏的大妈呀？"

与我同城的三龙倒是机灵，他@老排长："我们这儿没下雪，你那里雪多，寄一点给我们吧！"

我跟着起哄："最好特快加急邮寄。"

陕西是我们的第二故乡。二十世纪七十年代末，刚刚高中毕业的我们，带着对绿色军营的向往，来到秦岭山下，在野战部队服役三年，把最美好最灿烂的青春时光献给了国防事业。

以后的几十年里，总会时不时地想起那几年当兵的岁月，想起陕西的黄土高坡，想起陕西冬天鹅毛般的飞舞的雪花，还会想起我们的老排长，这位对我们既严又爱的老大哥。

雪在北方也许算不上什么，而在南方却是稀奇。每年入冬后，南方人对雪都有着期待，期待着雪的到来。我也一样。

总觉得雪天特别有意趣，有好多事可以做。如踏着雪，披着雪花去赏梅，走着走着"青丝兑了白银"，然情致不减，依旧品味着梅雪争春。可去登高赏雪，可以围炉夜话，亦可约三两好友，小菜几碟，小酒微熏。其实，雪天里烹茶读书极具高雅的意境。郑板桥有词："寒窗里，烹茶扫雪，一碗读书灯。"一杯热茶，拥书夜读。雪天里，天地无尘，茶中滋味绵长，书中岁月千秋。实乃人生一大美事。

君处雪飘我却无，不可自怡悦，但盼持寄我。

老排长甚是爽快，回复："马上就办，请注意查收。"

今天，11月23日，上午八时许，我们这里果然下起了雪。先是冷冷小雨开路，雪花跟着，稀稀落落，无甚气势。约半小时后，雪把小雨压下，雪花渐渐占了上风，在天空尽情地飞舞开来。

见此情景，我立即在群里@老排长："雪已收到，我现在正在欣赏窗外飘舞的雪花。"

老排长的回复甚是幽默："收到就好，速度挺快，不寄丢就行。"

很快有战友跟帖："原来雪花也是可以寄的，真是脑洞大开。"

"哈哈，长见识了吧！"我说。

雪越下越大，越来越密。到下午，大地已是白茫茫一片。

老排长，谢谢你千里之外寄来的雪。

（写于2016年11月23日）

满意和如意

　　满意和如意是两只猫，两只融进我们家庭生活的很有意思的宠物猫。

　　它俩一公一母。满意是母的，两岁半，比如意大一些。如意是满意的"小弟弟"，刚好一岁。可别小看了它俩，它俩可不是一般的猫，出身高贵着呢，老家在国外，人称"英国短毛猫"，是正宗的"洋玩意儿"。

　　它俩不是"亲姐弟"，满意先进的家门，一年多后，女儿又将如意抱回了家。满意是"蓝猫"型，如意是"银色渐层"型，虽不是嫡亲，但毕竟源于一个"祖宗"，有着血缘关系，因而长得有些相像。体形圆胖，头大脸圆，毛短而密，温柔平和，这些"英国短毛猫"的特征，它俩身上均有体现。

　　按理说，一公一母，异性相吸；一大一小，互为照应。加之又是从一个"老家"来的，应是很好相处的，可很奇怪，它俩始终玩不到一起去，一旦碰面，不是吵就是打，楼上楼下追追杀杀，时常闹得难解难分。

　　或许是性格不合吧。我们想。

　　细细观察，它俩其实不是"一路人"。

　　先说说满意吧。或许是有着高贵的血统，它"说话做事"总是一副优雅的样子，甚至还显露出些许清高。就连走路也是走着规范的猫步，很有范儿。

如意总想跟这位"姐姐"玩，但满意根本看不起它，总是离它远远的，有时如意极力地和满意套近乎，讨好得有点低声下气，可满意依然对它不屑一顾。渐渐，如意伤了自尊，恼羞成怒，开始向满意来硬的了。这小子不愧是"男生"，长得虎头虎脑，还是有一把力气的，把满意追打得哇哇直叫。

如意的性格有点野，就像深山里长大的"野小子"。就说吃吧，满意只吃专供的猫粮，而且一日三餐很有规律，如意则不一样，什么都吃，生的熟的，荤的素的，咸的甜的，都是它的美味佳肴，而且吃相难看，完全是顾嘴不顾身，吃完就拉，拉完再吃。还有睡觉，它是就地趴，一点也不讲究，满意则从不马虎，非沙发、被窝不睡。

更有意思的是，满意从来都是喜欢进书房，主人看书写字，它就静静地坐在一旁，享受着文化气息。如意总是爱进厨房，在里面专找吃的，转来转去、跳上跳下，把厨房折腾得叮当响。丰子恺老先生家曾养猫五只，猫爱偷嘴，老先生深受其害，写了一篇文章，题目叫"我家的猫是个贪污犯"。在我家，如意就是个大"贪污犯"。

如此一说，满意和如意相处不到一块，或者说满意看不起如意，个中原因清楚了。

不过对如意也不能一棍子打死，尽管有些缺点，但也不是没有闪光的地方。比如说性格虽野了些，也比较贪玩，但它很随和，喜欢和主人黏在一起，主人抱它，它就乖乖的，一副温柔模样。主人下班回家，听到掏钥匙开门的声响，它就会急匆匆地下楼跑到门口，门一开，它就迎上前去，喵喵地轻叫着，向主人打个招呼，然后要么在地上开心地打滚，撒着欢，要么用身子蹭主人的腿，亲亲热热的。

这一点正是满意的"短板"。满意的性格说得好点是清高，说得不好听就是孤僻。它不仅与如意玩不到一起去，就是同主人也很少交流，整天待在自己的安乐窝里，大门不出，二门不迈，过着自己所谓优雅高贵的生活。两年多了，满意似乎没什么"朋友"，也没见到什么"男生"追求过它。如意生性豪爽，亦善交际，每天必出去溜达一二次，见见"女生"，会会"朋友"，与好多野猫打得火热，很有猫缘。

最近它俩又有新的景象，只要如意追打满意，满意就会迅即跳上一个近一米高的花架，悠然自得地俯视着如意。如意似乎无可奈何，在花架下转来转去，最终蹲坐一旁，摇着尾，舔着嘴，仰望着满意，如膜拜一般。

满意坚持着自己的优雅，如意依然一副"土匪"相，最终，还是满意的优雅占了上风。

满意如意，确实有趣。

对小狗小猫等一些宠物，我本不喜欢，甚至打心眼里有所抵触。可自从家里有了满意和如意，无意间我们的生活有了一些改变。这些日子，我已渐渐习惯了它俩脱下的毛，也适应了猫砂盆里散发出的气味。

它俩，俨然已成为我们家庭的成员。

正如老舍先生在《我家的猫》一文中所说："我从来不责打它。看它那样生气勃勃，天真可爱，我喜欢还来不及，怎么会跟它生气呢?"

（写于 2016 年 11 月 26 日）

巴 根 草

　　一直想写一写张敬才。

　　二十年前，我与张敬才共事于句容市郭庄镇党委，我是党委书记，他是党委副书记兼金星村党委书记。那时，他领导的金星村因由穷变富已很有名气，前来参观学习的人络绎不绝，他本人更是有口皆碑的响当当的人物。

　　他获得过很多荣誉。省委表彰的优秀共产党员，部、省命名的优秀企业家，市级劳动模范，县里的十佳村支书。1997 年 7 月，句容市委还专门发出文件，宣传他艰苦创业的事迹，号召全体党员向他学习。

　　头上的光环愈来愈多，鲜花和掌声也多了起来。可他，这位在金星村土生土长的掌门人，却将这些看得很淡，依然那么平实，还是那样谦和。

　　他曾跟我说："荣誉越多，压力越大。"

　　记得是一个夏日的傍晚，晚饭后我叫上他一道去南河边走走。夕阳下，50 岁的他和 35 岁的我，披着火红的晚霞，沿着河堤，边走边聊，谈论着镇、村两级发展的美好前景。清风徐徐，河水清清。荷花映日，岸柳成行。柳条迎风婆娑，柳丝轻拂着水面，撩起泛着金光的涟漪，一圈一圈地荡漾开去。

走着走着，脚下忽有温软轻柔的感觉，如踩在地毯上一般。我知道，这是脚和草的亲密接触。

这草很不起眼。它细细的叶，长长的茎，贴着地皮长，爬满田间地旁、河堤江滩，覆盖在农村广袤的原野上。

它叫巴根草，也叫铁线草、蟋蟀草，是特别耐涝耐旱又特别耐热耐寒的禾本科植物。汪曾祺先生在《夏天》中对它的描述是："贴地而去，是见缝插针，一棵草蔓延开来，长了很多根，黄的，竖的，一大片，而且非常顽强，拉扯不断。"

巴根草，南河水，火烧云，张敬才。我触景生情，思绪如云彩般翻卷着。

我停下脚步，认真地看了看张敬才。他谈兴正浓，细数着金星村下一步要做的几件大事，黝黑的脸庞上飞扬着神采，在霞光里显得特别生动。

我说："老张，你很像这巴根草呢！"

他愣了愣，笑着说："这草不值钱。"

是的，巴根草随处可见，确实不值钱，但却不可小看。一年四季，无论是荣是枯，它都深深扎在土中，牢牢地固着土、护着堤。牛踏，人踩，车碾，刀铲，它依旧不变其节，死死地贴着大地。

小时候我喜欢嚼巴根草的根，开始有点涩，嚼着嚼着有了甜味。那有着丝丝清香的甜味，至今难忘。或许有人不知，这不起眼的草有着许多药用功效。《全国中草药汇编》中介绍：巴根草，性味甘平，有清热利尿、散瘀止血、舒筋活络之功能，主治上呼吸道感染、肝炎、痢疾、水肿、咯血、风湿骨痛、荨麻疹等。

张敬才就如这巴根草一样，生在金星，长在金星，当过木匠，干过供销，做过厂长，几十年扎根在金星的大地上，对这块贫瘠的故土不离不弃。确实，金星村以前是全镇最穷的村，但张敬才坚信穷不生根。他说："钱穷一阵子，志穷一辈子。只要想干肯干会干，贫穷落后的帽子一定能甩掉。"

他把全部的心思和精力用在金星的发展上，用在为村民谋福祉上，硬是凭着苦干实干，凭着诚心诚意，短短几年时间，一改金星村面貌。

金星村变了，由全镇最穷变为最富。老百姓也变了，腰包变鼓了，人均年收入当时达到1.6万元，比十年前翻了十多倍。张敬才也变了，身子变差了，容貌变老了，不到五十岁的他，脸上布满了皱纹。

他把自己的全部奉献给了金星，奉献给了全村的百姓，就如这巴根草，不图索取，不图回报，默默地做着自己该做的事，无怨无悔。

2006年，张敬才从镇人大副主席任上退休。他打电话告诉我，我说："辛苦了一辈子，这下好享享清福了。"他说是的，是好歇歇了。

可金星的老百姓"不放过"他。得知张敬才退休，全村的人联名写信给镇党委，情真意切地请求他回村继续当书记。村里召开党员大会，进行村党委班子差额选举，他全票当选。就这样，时隔三年后，他又回到金星，再次挑起村书记这副沉甸甸的担子。

这一干就是七年。七年，两千五百多个日日夜夜，张敬才带着病痛，和一班人一道，在金星的大地上辛勤耕耘着。

他又苦了七年。他说他不觉得苦，因为老百姓信赖他、支持他。

这就是张敬才！一个有着巴根草品质的张敬才！我想，这样的品质，不正是共产党人扎根群众、不忘初心的本色吗！

这样的人是值得写一写的。还有几天是他七十岁的生日，作为有着多年友谊的忘年交，送个什么给他呢？想了想，就写一篇《巴根草》送给他吧。

（写于 2016 年 11 月 9 日）

望 呆

　　那一年去丽江，在古城的深巷里，发现了一个望呆的地方，碰到了一个望呆的人。

　　是在十月间的一个午后，太阳懒懒的，一副有气无力的样子，却让人有柔和的感觉；有些微微的风，在脸面上拂来拂去，有着痒痒的舒服。随着路边的小溪，走在小巷的青石板上。小巷忽直忽曲，小溪或缓或急，小溪顺着小巷，小巷偎着小溪，如手牵着手的两个天真烂漫的孩童，笑着、唱着、跳跃着。我们几个边走边品，品着古城的风韵，品着深巷的静美，品着这小溪曲直向前的气度。

　　在小巷拐弯、小溪曲转处，一家店面吸引了我们。其实吸引我们的不是店面，店面甚是普通，也很平常，吸引我们的是店面前的招牌，再进一步说，是招牌上的"喝茶、上网、望呆"抓住了我们的眼球。喝茶、上网，倒无特别，喝喝茶、聊聊天，看看风景，也是一番闲情雅致。而这"望呆"，成了一项业务，作了经营的内容，确实有些费解，然细细想想，似乎又有点味道。店面不大，也就二三十平方米，装饰素雅，几张桌，几张竹椅，还有几张小板凳，我们小时候坐在门口晒太阳的那种，矮矮的，小小的，木工用杂树"打"的。店面有一扇窗，窗向外撑开着，向着巷口，向着小溪。窗内坐着一位女子，三十岁上下的样子，齐耳短发，红衣 T 恤，精神，精悍。桌上一杯绿茶，汤色剔透。她背靠竹椅，眼望玻璃茶杯，全神贯注，旁若无人。我们注意了她，她却没注意到我们。她的眼中只有那杯茶，不，是她心中只有那杯茶。也不仅仅是一杯茶，或许想着茶外的人，思着茶外的事。这绿色的茶，这透明的杯，只是道具而已。

她在发呆。如店面招牌所言：望呆。

她在望呆。我们望着望呆的人。她在想什么？也许什么都想了，也许什么也没想，我们不得而知；她在望什么？是的，在望茶杯，眼神似乎是定了的，但可能什么也没望见。她的心思在心中的那个"结"，这个"结"解不开、理不顺，则始终"呆若木鸡"。

有心思的人，思念中的人，都容易望呆。我们想，她属于这样的人。

丽江的古城、深巷，青石板、小溪水，还有懒懒的阳光，确实是望呆的好去处。这几年，那一幅望呆的画面时常浮现脑海。受其感染，多次生起滑稽的念头，想找个地方去望呆。

其实望呆不必刻意。刻意地望呆，是难入境界的。望呆应是不经意间沉浸其中，就如清风明月，不用一钱买，人人均可享受，无非心境不一，感受不同罢了。

望呆是我国南方方言。"望"是中心语素，"呆"是修饰"望"的形容词，"望呆"就是"呆望，意思是指呆呆地无目的地看"。小时候，常听长辈们斥责："不要望呆了，赶快做正经事去。"那时，就是望望、看看，凑凑热闹，很简单、不复杂。这世界变化太快、太大，过去不值钱的东西现在珍贵了，以往无用的物件如今宝贝似的了。

想想，望呆成为一种时尚，甚至成为一种生活状态，也是情理之中。大千世界，芸芸众生。你不喜欢的事物，并不代表别人不喜欢。你认为时尚的东西，别人也许不屑一顾。各自以不同的方式生活着、忙碌着，相互应谦让些，包容些。

闲暇时玩味着望呆的妙处，琢磨着望呆的意境。渐渐找到了一些感觉。

有时觉得望呆是一种放松：忙了一阵，累了，疲了，找个地方，很安静，或一躺，或一靠，让拧紧的身子松散开来，望望，喝喝，也可打个盹儿。

有时觉得望呆是一种超脱：就是呆呆地望着，什么也不做，什么也不想，看着天，听着雨，顺着雨声，走进深山、走进森林、走向大海，春暖花开。

有时觉得望呆是一种念想：心中有着那个人、存着那件事，在一个舒适的环境里，惬意地想着，无拘无束地想着，没有一丝的羁绊，想怎么想就怎么想，直到美美地伸个懒腰。

有时觉得望呆是一种穿越：任思绪飞扬，可与陶渊明共作——"采菊东篱下"；可与张择端共绘——"清明上河图"；可与张若虚共赏——"春江花月夜"；可与苏东坡共饮——"把酒问青天"……

（写于 2015 年 11 月 27 日）

晚来天欲雪

黄昏。冬日黄昏。冷寂的冬日黄昏。

天色渐暗，灰蒙中裹挟着深重寒气。同事敲敲门："早点走吧，快下雪了。"我说："不急，再等等。"

再等等——是等会再走，还是等着雪来？

应是等着雪。早晨听天气预报，今天傍晚时分到夜里有中到大雪。江南人对雪有着特别的情结，听闻雪讯，甚是期待。眼看时辰即到，不若静静等待，错失岂不抱憾。

挪动座椅，点起一支烟，向着窗外，不经意地望着，有些悠闲自得。

等。不见不散。

雪可听。飞雪有声，恰似遥遥音韵。在雪小禅的散文里，听雪是世间美意，"这听雪的刹那，心里定会开出一朵清幽莲花"。

雪可赏。赏雪是一大乐事，地无分南北，人无分贵贱，均可观之、赏之、吟之、颂之。江南胜景无如雪，逢君同赏雪中春。

既然雪可听、可赏，亦一定可等。我想。

听雪是美意，赏雪是快事，等雪又是怎样的境地呢？我吸了吸烟，思忖起来。

想起了白居易。想起了他的诗《问刘十九》。这首诗寥寥二十字，很有味道，我喜欢了许多年：

> 绿蚁新醅酒，红泥小火炉。
> 晚来天欲雪，能饮一杯无。

诗简短、素朴，却生动、温馨。白居易也是在等雪，且邀刘十九一起，围着红泥火炉，饮着新酿的米酒，边饮边聊边等，等着雪的到来。刘十九是谁？有说是大诗人刘禹锡之侄，又有说是作者在江州的一位好友。是谁已不重要，能走进作者的诗境，定是非凡人物。

屋外地冻天寒，室内温暖如春。这温暖不单是炉火正旺，更多是友情感化。

晚来天欲雪。窗外此时正是这般景象。此刻若有好友在旁，小酌两杯，畅叙一番，怡情地等着雪，是何等地惬意。

犹记三十年前，也是傍晚时分、欲雪之时，和友人在一个偏远的山村，一锅滚烫的狗肉汤让我们浑身暖和。盐花，蒜花，雪花。雪花在汤外，盐花、蒜花在碗中，汤入味，人入境。那味至今难忘，亦至今难寻。

想起了明朝张岱的《湖心亭看雪》，便默诵着：

> 崇祯五年十二月，余住西湖。大雪三日，湖中人鸟声俱绝。是日更定矣，余拏一小舟，拥毳衣炉火，独往湖心亭看雪。雾凇沆砀，天与云与山与水，上下一白。湖上影子，惟长堤一痕、湖心亭一点、与余舟一芥、舟中人两三粒而已。

到亭上，两人铺毡对坐，一童子烧酒，炉正沸。见余，大喜曰："湖中焉得更有此人？"拉余同饮。余强饮三大白而别。问其姓氏，是金陵人，客此。及下船，舟子喃喃曰："莫说相公痴，更有痴似相公者！"

张岱擅长散文小品，长者千余字，短则一二百，描写细腻生动，风格流丽清新，极富诗情画意。《湖心亭看雪》是其小品中的传世之作。短短百余言，看似赏雪之作，实质显现作者不畏严寒的雅兴和超凡脱俗的气质。正是应了这气质、雅兴，其笔下的"湖中雪景"方如此灵动、活色。文末一个"痴"字，极有意蕴。莫道君痴，更有痴者。一下点中了古代文人特立独行的穴位。

等待中，又想起了几个发生在雪天的典故。

谢女咏雪——晋太傅谢安，尝于雪天与子侄集会论文赋诗。俄尔雪骤，安欣然曰："白雪纷纷何所似？"侄儿谢朗曰："撒盐空中差可拟。"侄女谢道韫曰："未若柳絮因风起。"安大笑乐。

雪下了，愈下愈大，飘飘洒洒。谢安出题：这白雪纷飞似什么？侄儿答：像盐撒向空中。侄女答：如风吹起了柳絮。显然，谢道韫的比喻更为贴切，故谢安"大笑乐"。这"大笑乐"，实质是满意地点了点头。

孙康映雪——晋孙康，京兆人，家贫好学，常映雪读书，成为勤学苦读之典。诗曰："丈夫富贵自有期，映雪读书徒白首。"

还有程门立雪。还有苏武啮雪。还有……

忽然觉得，等雪不同听雪，也异于赏雪。听雪用耳，赏雪用眼，等雪用心。等雪，放开了思想，放远了眼界，有了淡定，有了些许禅意。

晚来天欲雪。等来便好，倘若等不来，也无妨。来与不来，我都等了。

不过，这场雪我等来了，在这傍晚时分。

（写于 2016 年 1 月 25 日）

磨刀人老王

这是一个行当，也算是一道风景。他们中，有的扛着板凳，有的推着自行车，有的骑着小三轮，但他们每人必备砂轮、磨刀石、盛着水的饮料瓶，还有锤子、钳子、水刷、水布……这是他们的行头，亦是他们的饭碗。他们常年穿行于这座城市的大街小巷，发出共同的吆喝——"磨剪子嘞，戗菜刀！"

凭着这吆喝，凭着这些行头，他们打磨着一把把锈钝的剪子和菜刀，为这座城市和城市里的人家献着明快的生活。

老王是他们中的一员。

认识老王是在三年前。那是一个周末，冬日暖阳。我躺在沙发上，捧读着金一南的《苦难辉煌》。一杯茶，一部好书，一缕阳光，恣意享受着阅读的快乐。"磨剪子嘞，戗菜刀！"一声抑扬顿挫的吆喝，把沉浸书中的我拉了出来。突然想起妻子的交代："有空把菜刀磨一磨。"便连忙起身，开门大喊："师傅，磨刀！"师傅停下脚步，隔着栅栏说："保安不让进，在小区门口等你。"

等我去时，师傅已摆好架势。两腿叉坐在条凳上，条凳一头固定着小砂轮，一头用粗铁丝捆着磨刀石，凳腿上扣着一个有些摇晃的铁皮罐，盛着半罐水。一辆破旧的自行车撑在条凳旁，自行车的后架上挂着灰黑的帆布包，包里装着刷子、擦布、锤子，还有两块细长的磨刀石。师傅接过菜刀看了看，说："卷口了，要费功夫的。""多少钱？"我问，"八块行不行？""行。""八块钱一把，不贵。"师傅呵呵一笑："你不觉得贵，有人嫌贵呢。"

师傅给磨刀石上水，粗糙的双手握着刀柄，倾着身子，霍霍、霍霍，专注地磨了起来。

我打量起师傅。从头到脚，灰色基调。灰色的帽子，帽上印着广告，字已看不清晰，有着隐约的帆船图案，应是厂家免费派发的。衣服是灰色的，衣领敞开着，看得见灰色的棉衫，两只护袖的颜色深一些，与衣服有了一点区别。裤子、鞋子都是灰色，鞋子很是厚实，一看便知防滑、保暖，显得有些笨拙。师傅脸庞黝黑，这黝黑是风霜雨露染就的色泽。额头上有着几道深深的纹路。师傅霍霍磨着，身体一倾一收，额头上的纹路跟着上下眨动。这纹路写着艰辛，透出岁月无情。看着师傅磨刀的样子，听着霍霍声响，心想：为着生计，师傅额头上的纹路还会增多，也会加深。

望着师傅，脑子里突然跳出样板戏《红灯记》。《红灯记》中的磨刀人，那位北山的游击队员，其装束和眼前的师傅不无二样。戏中磨刀人的机智、果敢，还有那一声很有韵味的"磨剪子咪，戗菜刀！"至今印象深刻。

交谈中得知师傅姓王，是安徽睢溪五河镇人，虚岁五十。见我对他的岁数有些诧异，老王又呵呵一笑："整天在外跑，日晒雨淋的，显老。"我说："还好，还好，不是很老。"其实很显老，看上去有六十开外。

"好了!"老王将刀在眼前瞄了瞄,用手试了试刀锋,"保你半年内不用磨。"

刀磨得明亮锋利。我说"谢谢",老王又是呵呵一笑:"谢谢你照顾生意。"

我和老王互留了手机号码。我说:"我家的刀剪今后就认你了。"老王还是呵呵一笑:"承蒙看得起。"

刀剪为媒。这几年和老王每年都有一两次接触,每次把锈钝的刀剪交给他,连着人间的烟火交给他,让他在霍霍声中打磨,听他那呵呵的一笑。老王打磨着刀剪,难道不也是打磨着岁月?

和老王渐渐熟悉起来,对他也有了一些了解。

老王家在安徽,家中有二十多亩地,老婆带着女儿女婿在温州打工,一家人只能过年时回老家团聚。

我问老王:"为何不和老婆孩子在一起呢?"

"她们定时定点上班,钱拿得不多,还要受人管,我不习惯,我现在这样蛮好,自由自在,我就图个自在。"老王说。

老王确实自在。他在这座江南城市落脚了二十多年,和几个老乡一起做着带着乡愁的老行当,一声又一声地吆喝着:"磨剪子咧,戗菜刀!"农忙时节,老王就赶回老家,收获麦子,种下玉米,二十几亩地一年能净挣四五万块。磨刀的生意也不错,一年也能挣个三四万块钱。他说他不愁钱,钱够用,就是不喜欢受人管。"你看我这样多好,每天想什么时候出门就什么时候出门,想什么时候睡觉就什么时候睡觉,下雨下雪天就在家中和几个老乡看看电视,喝喝酒,聊聊天，打打牌，一天一晃就过去了。"

一个做着老行当的普通人，有着与众不同的活法，这让我对老王刮目相看。

老王推着车子，发出吆喝，走遍这座城市的边边角角，可以说是为生计奔波劳碌，但似乎也不完全是，三年前磨一把菜刀八块，如今也就十块钱，他不是一味地为钱，他的人生观是图个自在。

这就是老王，磨刀人老王，呵呵一笑，图个自在。

城市在变化，生活也在变化着，可不管变化怎么多，我们的剪刀菜刀还得磨。城市，生活，离不了老王干的老行当，也离不了老王这样的人。

（写于 2016 年 2 月 16 日）

之子于归

老朱这几天总是心不在焉，像丢了魂似的。

老朱自己也弄不清楚，为什么这道坎儿就迈不过去？都说女儿是父亲的小棉袄，如今，他的贴心小棉袄被别人穿走了，他想，这个冬天他会很冷。

女儿出嫁那天风和日丽。老朱妻子把家里和院子精心装扮了一番。家里喜气浓郁，院内青枝绿叶，花团锦簇。亲朋好友有说有笑，甚是热闹。女儿大喜之日，这么多人来祝贺，老朱忙里忙外，招呼着大家，脸上带着笑。其实老朱的笑有些勉强，他内心五味杂陈，甚至想哭。他极力克制着，牢牢把握着情感的闸门，生怕一个大意，泪水流出来。

女儿的表哥背着女儿，在新郎的引导下，把女儿背进迎亲的车里。老朱的妻子一边为女儿穿鞋，一边叮嘱着女儿女婿。妻子和女儿相拥相泣。妻子、女儿的闺蜜们跟着泪水涟涟。老朱站在远处，目送着女儿，他不想也不敢靠近，他知道，一进入场景，再硬的汉子也扛不过去。

此时女儿想着老朱，问道："爸爸呢?"是啊，爸爸怎能不来送一下女儿呢？一帮人连忙把老朱从家里拖出来，把他簇拥到车门前。

女儿泪水盈眶。老朱眼圈发红。女儿说："爸爸，我走了!"老朱再也忍受不住，哽咽地说道:"常回来。"

鞭炮声中，迎亲的车辆载着女儿，带着礼花，缓缓驶离老朱的家，向着一个新家行进。

女儿一走，老朱突然感觉心中空荡荡的，有种说不出的滋味。正是一年春好处，姹紫嫣红景宜人。老朱无心欣赏，仿佛置身于落寂的季节。

女儿和父亲的感情，是世间最真挚、最珍贵的感情。只有有女儿的人才有切身感受。

老朱自认为是明事理之人，也曾劝过别人，但事情落到自己头上，才知道有很多的无奈和苦衷。

有人说，女儿是父亲的小情人。是的，父亲对女儿的爱是深厚的，甚至是自私的。女儿也很恋父，对父亲有着特殊的敬爱。老朱每每想起女儿挽着他的胳膊，漫步在公园，游逛于商场，心中就溢起甜蜜。

有人说，女儿是父亲用心血栽培的花。这花鲜艳，灿烂盛开，且始终水灵灵的。父亲毕其功力浇灌，用心呵护，视为掌中珍。可是，这朵父亲眼中最美的花，被她的他摘去了，不，是被连根挖走的。老朱当然有些不舍。

女儿在成都念大学，相隔千山万水，离老朱很远，但那几年老朱心里踏实。再远，女儿的家在此，这是她的窝，会飞回来。现在不一样了，尽管还在一城，靠得很近，但老朱觉得很远。

过去，女儿晚上无论是加班还是与朋友聚会，再迟，都要回来;如今，女儿有时回家看看，晚上再迟，也要回去。女儿身份变了，一些情理、事物也随之而变。

老朱想了很多。有时想不明白，有时想想也没什么。男大当婚，女大当嫁。小鸟总会长大，翅膀一硬，终是要飞。老朱只是希望，飞得再高再远，莫忘回巢的路。

　　老朱想起女儿婚礼当天收到的一条短信，是一位老领导发给他的，内容是："恭贺令爱于归之喜！"

　　老领导是文化人，贺喜信息与众不同，以"于归"这古香古色之语表达美好祝福。

　　老朱觉得"于归之喜"很有内涵，也极妥帖。

　　"之子于归，宜其室家。"出自《诗经·国风·周南·桃夭》。"之"为"这"，"子"为"女"，于归指女子出嫁。归者，回也。古人认为，女子嫁到夫家，才是真正意义上的归宿。

　　之子于归，老朱玩味着这一古语。玩味中，释然了许多。

（写于 2016 年 5 月 16 日）

人间好时节

　　蒹葭苍苍，白露为霜。白露，这一年中的第十五个节气，在九月七日如期而至。它是孟秋与仲秋的分水岭，是真正进入秋天的标志。天气渐凉，秋意趋浓。这时节，摆脱了炎热和狂躁，天地间忽然安静下来，但见天高云淡，但闻和风细语，不经意间迎来了最美的光景。

　　一年四季，老朱尤爱秋季。而仲秋时节，老朱则更为喜欢。说不上为什么，只是觉得这时节很对口味，特别地宜人，有着很舒服的感觉。

　　如此时节，这般光景，老朱想出去走走看看，或者说是想去感受一番。周末的下午，午休后的老朱兴致勃勃地来到江边，不，应该说是来到湖边——金山湖边，顺着湖堤，向着北固山方向悠闲地走去。

　　微风习习，湖水漾着轻柔的波，显得温和平静。这轻柔的波甚是诱人，老朱很想融入湖水，同其肌肤相亲，畅快地游几个来回。湖边野生着不少芦苇，一丛一丛的，总体还是青的颜色，间或有些枯杆残叶，有着一种相互映衬的美。

　　芦苇被微风撩得有些摇晃，有时风稍大一些，芦苇便会发出沙沙的声响，如人们轻声的微笑，声音不大，却发自肺腑。

看着前面的山，傍着身边的水，老朱的心情极好，觉得每抹山影、每片波光都是最美的风景。山水有清音，亦有意境。老朱有点飘飘然，脚步不由得轻快起来。

数十只风筝在天空翩翩起舞，汇成一个彩色的世界。"蝴蝶"扑动着翅羽，上下飞动；"蜜蜂"发出嗡嗡的声响，似在花丛里辛勤忙碌着；两只"小燕子"身穿花衣，呢喃地说着悄悄话；还有一条"金鱼"，不在水中待着，却擅自奔向天上，在空中自由自在地"翱翔"着……

那些放风筝的人，有的在聚精会神地操纵，身子不断地移动，风筝在空中上下抖动着；有的将线系在湖边的树干上，或系在自行车的后架上，自己则坐在自带的小凳上，怡然地抽着烟、喝着茶；也有相互交流的，说说笑笑，夸着对方的风筝。

一位老者放着一只"蝴蝶"，飞得很高，有二百多米的高度。老朱问其岁数，老者没正面回答，只说道："退休已二十年了。""八十岁？"老朱很是诧异，怎么看他也就是七十岁上下。老者接着说："玩风筝这个东西，就是一种爱好，自得其乐，就像有的人喜欢钓鱼一样。"

自得其乐。老朱玩味着老者的这句话，觉得这是一种人生态度，而这样的人生态度，没经过人生多种历练，是难有感悟的。老朱由此想到北宋宰相寇准的《纸鸢》诗：

碧落秋方静，腾空力尚微。

清风如可托，终共白云飞。

名为《纸鸢》，诗中却不见"纸鸢"二字，也无纸鸢的形象。诗人是借物写景，状景抒怀。

再往前走，人多了起来。老朱心想：很多人可能都和自己一样，出来走走，享受这番光景的。迎面走来一对年轻情侣，女生嘴里哼唱着歌，被男生拉着向前走，一副亲密的样子。擦肩而过时，老朱听清了女生唱的两句歌词："爱情是杯酒，喝多总会醉。"

一对老人在湖边散着步，俩人皆满头银发，精神矍铄。或许是老两口前面的路走得太多、走得太快，如今放慢了脚步，走走停停，不急不忙，随意地欣赏着湖光山色，温馨而又从容。人啊，不要总是来去匆匆，急急忙忙，该慢的时候要慢下来。慢，也是一种生活。

一位孕妇挺着大大的肚子，被老公搀扶着，小心翼翼地挪动着步子。孕妇一边慢慢走着，一边用手抚摸着肚子，脸上漾着幸福。老公突然蹲下身子，脸庞贴着妻子的肚皮，应是感受着胎儿的躁动。老朱看见，这位未来的父亲，脸上也荡漾着幸福，恰似碧波荡漾的金山湖水。

老朱看见了北固山，看见了唐诗宋词里的北固楼。老朱今日不想登高远眺，就想在这湖边走走，领略这最好时节的最美风光。

老朱顺着栈桥，走进一片芦苇荡。往深处走一走，豁然开朗，有着一座大大的木制的亲水平台。这里人多却不嘈杂，朴实而有诗意，又有着一番别样的景象。

一字排开的垂钓者在此聚集。他们坐在平台上，竿子伸向湖中，耐心地等待着，等待着鱼儿上钩。他们都是这座城市的普通市民，有的退休，有的下岗，他们钓鱼并非为着生计，更多是一种乐趣。一位钓者告诉老朱，鱼竿一伸，注意力就集中到浮子上了，所有的烦恼、忧愁都抛到九霄云外了。

老朱说："这些小鱼和雪菜、黄豆红烧，可是一道下酒的好菜。""那是，每晚喝二两白酒，舒筋活血，一觉睡到天亮，第二天又有了好精神。"钓者有滋有味地说着。

老朱在平台上来回走着，用眼拍摄着一幅一幅生动有趣的画面，用心记录下一幕一幕利乐有情的场景。那边，岸边的滩涂上，几个小伙子光着上身，有的跪着，有的趴着，将手伸进带着泥水的地洞里，不一会，每人掏出一只龙虾，他们手捏龙虾，挥舞着满是污泥的臂膀，向看客们展示着成果。

这厢，一个三口之家各自做着自己的事。年轻的爸爸用网兜抄着浅水里的螺蛳；俊俏的妈妈坐在木椅上，捧着一本书，专心致志地读着；四五岁模样的儿子蹲在一旁，用苇叶挑逗着在地上爬行的小虫。

宁静。灵动。和谐。老朱脑海中跳出辛弃疾的《清平乐·村居》：

茅檐低小，溪上青青草。醉里吴音相媚好，白发谁家翁媪？

大儿锄豆溪东，中儿正织鸡笼。最喜小儿无赖，溪头卧剥莲蓬。

辛弃疾本是一位"醉里挑灯看剑，梦回吹角连营"的爱国志士，但壮志难酬，四十岁以后过起隐居生活。这首描写乡村生活的《清平乐》，表达的主题是：只要没有天灾人祸，百姓的生活是相当惬意的。

清平乐。世界清平，百姓欢乐。老朱觉得此景此情，才是真实的清平乐。

宋朝慧开禅师诗偈曰：

春有百花秋有月，夏有凉风冬有雪。
若无闲事挂心头，便是人间好时节。

放下，清静，自在，无忧无虑地过着真真实实的生活，老朱想，这便是人间的最好时节。

(写于2016年9月20日)

第三辑　此情可待成追忆

——唐·李商隐

　　那山、那水。那人、那事。那一条巷、那一棵树……似驼铃，把沉睡的沙漠唤醒。有过刺槐树下的童年，在梅雨时节小酒微醺，隐约寻见，春在溪头荠菜花。

春在溪头荠菜花

二月惊蛰又春分。时节步入惊蛰，蛰虫惊醒，天气转暖，渐渐有了春的况味，但此时东风料峭，乍暖还寒，如东坡所言："料峭春风吹酒醒，微冷。"而要领略真正的春色，则要等待春分的来临。"东风随春归，发我枝上花。"春分带来春风，春风轻轻启开春天的大幕，向人间示出风和日丽、万红千翠的景象。

春，勃发着生机，亦激荡着文人的诗情画意。由古至今，有多少人钟情于春，将春色春景摄入眼帘，布局于胸，经过大脑加工，注情感于笔端，抒写出优美的诗词，弹奏出动听的旋律，绘就壮丽的画卷。

若论诗词创作，现代人无法超越古人，不仅无法超越，且水平相距甚远。这一点不服不行。吟诗作对，是古人的一种教化、一种修养，是从小灌输的一种教育制度。还有，古人，尤其是文人骚客，均有着一定情怀和生活志趣，这样的情怀和志趣现代人恐怕难以企及。譬如说孔老夫子，作为圣人、大教育家，他并非整日板着脸，一副严肃的面孔，他有着大圣人的家国情怀，亦有着普通人的生活志趣，他喜欢的生活是："莫春者，春服既成，冠者五六人，童子六七人，浴于沂，风乎舞雩，咏而归。"

大体意思是：暮春三月，穿上春衣，约上五六个成人、六七个小孩，在沂水里洗澡，在五舞雩台上吹吹风，然后一路唱着歌回家。

简短的叙事描述，不足三十字，勾画出一幅生动活泼的春日郊游图。由此可见，孔老夫子崇尚身心自由，在春风里，在阳光下，尽情地玩耍、嬉戏，无拘无束，无忧无虑。

既有家国情怀又有生活志趣的人，自然与众不同。唐诗宋词的作者，大多有着非同寻常的人生，正因如此，他们融性情、才情、感情于一体，吟出、留下无数脍炙人口的诗篇。春色春景，似流淌着的诗意，文人骚客稍一涉足，便生发无限诗情，写尽人间春色。

写春的诗词浩如烟海，不乏名篇佳作，印象最深的是宋代辛弃疾的《鹧鸪天·代人赋》：

陌上柔桑破嫩芽，东邻蚕种已生些。平冈细草鸣黄犊，斜日寒林点暮鸦。

山远近，路横斜，青旗沽酒有人家。城中桃李愁风雨，春在溪头荠菜花。

这首词将春色春景写活了。静下心来吟之、诵之，即便是身处寒冬腊月，眼前仍旧浮现出充满生机和希望的春景。全词点睛之笔是"春在溪头荠菜花"，这一句最亮眼，也最耐人寻味，百吟不厌，愈吟愈有妙处不与人说的心得。

春在溪头荠菜花。每每吟及此句，我记忆的年轮便不由自主地向后退去，直抵记忆的最深层、最远处，往事如烟般袅袅升起。

于我而言，或许是生长在县城之故，小时候对荠菜、枸杞头、马兰头、菊花脑等一些野菜几乎没什么接触，更是道不明、分不清。记得那年春天，应是我七八岁的时候，母亲带着我和我的两个堂姐去城外挑荠菜，其实我是跟着玩的，母亲和堂姐挎着小篮，握着小铲，在田埂上、小河边、草丛里，在春天的原野上寻觅着、移动着，小心翼翼地将荠菜与大地分离，一一装进篮中，也把碧绿、清香和鲜美装进了生活里。我的兴趣在清清的河水，不停地用树枝搅动着一窝一窝的蝌蚪，把聚在一起的小生灵搅开，再看它们怎样渐渐地集结在一块，合成一团乌云，在水草间游动。母亲提醒我小心一些，不要掉到河里去。掉下去倒好，在水里和小蝌蚪一起畅游，我心里想。

那次，我初识荠菜。小河边的荠菜开着美丽的小白花，低调地藏在草丛中，风儿将其撩拂得忽隐忽现，如捉迷藏一般。在河边和田埂之间，我惊喜地发现一方盎然成片的荠菜，鲜肥嫩绿，与大地的芳草浑然一体。我高呼着母亲和堂姐："快来挑呀，这里好多啊！"

随着年岁的增长，对荠菜有了更多的了解，觉得荠菜有着令人敬重的风格和品质。它生命力极强，在隆冬发芽，傲霜斗雪，顶着寒风生长。待到春回大地，山花烂漫，而此时，它俏不争春，隐于田间、溪边，等候着世间的挑选，把生命的芬芳献给人类。

荠菜自然生于野外，受天地灵气滋养，顺时而发。食之，清、香、鲜、嫩，无论清炒、做汤、当馅，均别具风味。诗经有云"甘之如荠",苏东坡亦盛赞其"天然之珍,虽小甘于五味,而有味外之美"。荠菜亦可入药,且药用价值很高,全株入药,具有明目、清凉、解热、利尿、治痢、降压、健胃等功效。现代医学研究表明,荠菜富含维生素 C 和胡萝卜素,有助于增强机体免疫功能。千百年来,小小荠菜,虽不起眼,却与人类生活紧密相连,无论是在历代文人的诗文中,还是民间的口头传说中,这"野味"皆有一席之地。

二十世纪六七十年代,物质极其匮乏,大家普遍过着紧日子,吃一顿饺子,尤其是吃一顿猪肉饺子,是梦寐以求之事。一次,伯母家包饺子,堂姐悄悄地叫我去吃,我如饿汉子一般,一气吃了三大碗,大多是囫囵吞下。如今,每年也吃几顿荠菜饺子,奇怪的是,再怎么精心调馅,总是吃不到过去的味道。一碗足矣。

现今的荠菜大多是人工栽植、大棚生长,其品其味当然不如野外自然生长的好。野菜,重在一个"野"字,缺了"野",也就丢了其本质。即使是"野"的,也因土壤受农药、工业废水污染,生态劣变,野菜之"野"也有了"水分"。

"得鱼去换红蒸米,呼子来挑荠菜花。"时值春分,惠风和畅,春光明媚,正是踏青春游的极佳时节。若有兴趣,在赏景之余,你可留意一下开在溪边、田头的荠菜花,如有遇见,可连同灿烂春景一道带回家。

(写于 2019 年 3 月 24 日)

战士的歌

　　我当过兵，虽军龄不长，却在心灵深处打上了永不褪色的军人印记。曾听很多人说，这辈子最大的遗憾就是没有穿过军装扛过枪。部队确实锻炼人。在军营里摸爬滚打几年，你整个人，里里外外都会变个样。可以说，在人生的征途上，有过一段军旅历程，是一笔弥足珍贵的财富，受用终身。

　　正是有了这段当兵的经历，几十年了，要说听歌、唱歌，动听的歌曲多如繁星，可我还是最爱听、最爱唱战士的歌。

　　或许你对战士的歌还不太了解，抑或你压根就不喜爱战士的歌。是的，倘若你没有当过兵，你是无法感受一个战士对军营歌曲的那份深深的钟爱。

　　战士的歌有着独特的风格和神韵。诗人郭小川说，战士自有战士的爱：忠贞不渝，新美如画。同样，战士自有战士的歌：忠心向党，斗志昂扬。

　　战士的歌来自战士。战士战斗在一线、工作在前沿、生活在最基层。他们来自五湖四海，怀揣着美好的青春梦想，聚集到绿色的军营。很多战士喜欢文学，爱好诗歌，一有空闲就笔耕不辍。这些"战士诗人"不停地创作着，写军营的早晨，写宁静的夜晚；写火热的演兵场，写深厚的战友情；写想家的时候，写心中的爱恋。他们的诗作，有的写在香烟盒上，有的记在自己的笔记本上，有的出在连队的黑板报上，也有的登在军区的报纸上，写的东西见了报是件了不得的喜事，是要受到嘉奖的，但有这好运的人极少。"战士诗人"的作品写身边人，讲身边事，通俗易懂，直抒胸臆，一些好的诗作会很快在战士们中传播开来。《说句心里话》《说打就打》《擦炮歌》《战友之歌》等都是源于"战士诗人"的小诗，经加工后，谱上曲，成为流行于军营的战士的歌。

有军营就有战士，有战士就有歌声。战士的歌响彻在行军的路上，一路行军一路歌，唱得最多的是《三大纪律，八项注意》；战士的歌激荡在训练场上，唱得最多的是《打靶歌》，"走上打靶场，高唱打靶歌，豪情壮志震山河。瞄得准来打得狠哪，一枪消灭一个侵略者，消灭侵略者！"战士的歌昂扬在军营的上空，在军营，饭前一支歌已是惯例，无论是去食堂的路上还是在食堂门口，总是有战士们嘹亮的歌声，唱的最多的是《团结就是力量》《战友之歌》。曾有段时间，上级要求战斗连队"吃饭喊杀声"，唱完歌后，连长宣布开饭，全连战士紧接着连长的"开饭"声，齐刷刷地喊出一个响亮的"杀"字，很有意思。

战士的歌在拉歌时更有力量、更具豪情、更显士气。拉歌是部队一种传统的歌咏形式，体现着军人生龙活虎、气势如虹的精气神。会操时、集会前，操场上、礼堂内，具有对抗性的拉歌歌声此起彼伏、汹涌澎湃。一连（领）："二连"，战士（合）："来一个"；（领）："一二"，（合）："快快"；（领）："一二三"，（合）："快快快"；（领）："一二三四五"，（合）："我们等得好辛苦"。二连不甘示弱，沉着应对。二连（领）："让我唱，我就唱"，战士（合）："作出表率放好样"；（领）："机关枪，两条腿"，（合）："打得一连还不了嘴"；（领）："我们唱完该谁唱"，（合）："一连唱"；（领）："一二三四五六七"，（合）："我们等得好着急"。一连（领）："二连唱得好不好"，（合）："好"；（领）："再来一个要不要"，（合）："要"。一连掌声响起，"哗哗，哗哗，哗哗哗"，由低到高，时缓时急，急时如暴风骤雨，缓时似溪水潺潺。就这样拉来拉去，一个不服输，一个争上游，你方唱罢我登场，拉得血脉贲张，唱得热血沸腾，有着很强的节奏感和感染力。

你若在现场听战士唱歌，你会觉得战士们不是在唱，是在吼。是的，许多战士五音不全，他们就是死记歌词，随着指挥的手势，使劲地把歌吼出来，声音愈大愈好。这歌唱的，不，这歌吼的，虽硬邦邦的，不是那么动听，但战士们的吼，吼出了军人的血性，吼出了军队的军威，吼出了军营男子汉的阳刚之气。

诗言志，歌咏言。一首又一首战士的歌，唱的是战士的气节，唱的是战士的心声，唱的是战士一往无前的精神。

战士的歌我最爱听，也最爱唱，听它千遍也不厌倦。

（写于 2018 年 7 月 24 日）

又是梅雨时节

　　山里的朋友托人捎来两小篓杨梅，说是刚从树上摘下，让我尝个新鲜。篓子不大，篾编的，篓中青枝、绿叶，衬着紫色的果子，果子水灵灵的，应是早晨的露珠对它深情的浸润。尝了几只，毕竟才下枝头，口感极佳，满嘴恰到好处的酸甜，慢慢回味后，连着朋友的情谊，似甘洌的清泉，一路流淌，潺潺流进我的心田。

　　"试问闲愁都几许？一川烟草，满城风絮，梅子黄时雨。"品着梅子，望着窗外，记忆里一下蹦出北宋著名词人贺铸的这首《青玉案》。梅子黄熟梅雨至。年年梅熟，岁岁梅雨。一晃一年，又是一个梅雨时节。

　　恐怕没有多少人喜欢这梅雨时节。"雨打黄梅头，四十五日无日头。"这时节，天空阴沉，降水连绵不断，高温，闷热，湿度大，家中器物、衣被易霉，故又称作霉雨季节。倘若一个人整天阴沉着脸，你会喜欢他吗？老天也一样，天天雨下个不停，时大时小，偶尔晴一会儿，也是闷热难忍，弄得人心烦意乱，自然对老天爷没了好感。老百姓来得直接，干脆将其唤作"死霉天"。

　　其实这时节的本名就是"霉雨"，因着其时江南梅子成熟，古时浪漫多情的诗人赋其"梅雨"雅号。梅、霉同音，但就人的心理和感受来说，人们还是易于接受"梅雨"之称，"霉雨"之霉终归不大吉利。年轻人也许无所谓，老辈的讲究这个。

尽管有了雅称，可此雨非彼雨。它比不得春雨，春雨潇潇，滋润着荒芜一冬的大地，萌发出盎然的生机，给人以希望和信心。它也比不上秋雨，秋雨绵绵，到黄昏、点点滴滴，勾起无限情思，引发多愁善感。雨夜里，静静地听着雨声，无来由地生出对如烟往事的怀恋。有时觉得，秋雨中爬上心头的忧思、愁感或惆怅，也是一种境界，一种美。而梅雨时节的雨，却不讨人喜欢，只觉得身上、床上湿漉漉的，洗的衣服总是晾不干，穿着很不舒服，家里也弥漫着有点刺鼻的霉味。

"白日不到处，青春恰自来。"这持续阴雨天气倒是适宜苔的生长。随处走走看看，墙角根，池塘边，竹林里，假山上，凡阴暗潮湿的地方，苔藓正生得青嫩、旺盛。苔是值得赞颂的。它生存环境不好，春风吹不到它，阳光照不到它，虽卑微却自强。"苔花如米小，也学牡丹开。"不起眼的苔，拥有着属于自己的一抹绿色，绽放着如米小的苔花，将平凡的生命演绎出不平凡的气质。

不受待见的梅雨时节，在文人墨客的眼里、笔下洋溢着诗情画意。唐诗宋词里的梅雨，经诗人生动细致的渲染，显出别样的风情和美丽。唐朝白居易诗云："青草湖中万里程，黄梅雨里一人行。愁见滩头夜泊处，风翻暗浪打船声。"宋朝晏几道词曰："梅雨细，晓风微，倚楼人听欲沾衣。故园三度群花谢，曼倩天涯犹未归。"最脍炙人口的当数南宋赵师秀的《约客》诗："黄梅时节家家雨，青草池塘处处蛙。有约不来过夜半，闲敲棋子落灯花。"诗前两句写景，描绘了清新恬静、和谐美妙的乡村之景；后两句折射出诗人落寞孤寂与烦躁不安的心境。赵师秀有"鬼才"之称，亦有"永嘉四灵之冠"之名，正是其才非常，方写出如此情景交融、耐人寻味的精妙小诗。

不由得想起母亲。母亲是在梅雨时节去世的。时光真是跑得快呀，一眨眼工夫，还有几天就是母亲逝世十周年的日子了。

母亲没有文化，也没有工作，是个完完全全的家庭妇女。在二十世纪那个普遍困难的年代，母亲凭着辛劳和善良，把一个穷家打理得还算有些生气。母亲苦了一辈子，省吃俭用了一辈子，等到条件好了，可以享清福了，她却走了，永远地走了。

母亲出殡那天，一路风雨相伴。当时甚是着急、不安：这么大的风雨，上山后怎么下葬呢？神奇的是，山那里无风无雨。母亲顺利下葬，入土为安。

母亲善良，天佑好人。

十年了，再过十年、二十年，也不会忘却那天凌晨，屋外雨水，屋里泪水，看着母亲慢慢合上了双眼，去了另一个世界。

又是梅雨时节。天阴着，很闷，天气预报说，今日阴有阵雨或雷雨。这时节，是自然气候现象，不以人的主观意志而改变。喜欢它，它还是这样；不喜欢它，它也是这样。该它来的，它总是要来；该什么样子，它还是什么样子。

好在七个多月的小外孙吸引着一家人，看他满地爬，同他逗着玩，其乐融融，心情舒畅，也就不在意这阴沉闷热的天气了。

（写于 2018 年 7 月 1 日）

小酒微醺

酒实在是妙，几杯落肚之后就会觉得飘飘然、醺醺然。……《菜根谭》所谓"花看半开，酒饮微醺"的趣味，才是最令人低徊的境界。

——梁实秋

　　人生中经历了诸多的第一次，有的印象深刻，一辈子也忘不掉，有的如过眼烟云，不留痕迹地就过去了。我第一次喝酒时的情景和感觉至今难以忘却，四十多年了，每每想起都觉得很有意思。

　　那年我十四岁。记得是暑假里的一个下午，我和小我一岁的邻居小三子约好，他出钱买二两"小徽子"，我负责从父亲盛酒的"瘪壶"里偷偷倒个二三两，去小南门的树林里尝尝酒的滋味。小南门的那片树林离家不远，是我们几个小伙伴暑假里常去"活动"的地方。树林茂密，林中芳草萋萋，到处开着各色不知名的小花儿，一方水塘紧挨着树林，水碧草青，满塘盛开着荷花。树林里有四五座坟堆，应是有年头的老坟，我们从未有过害怕，觉得它就是个土堆堆，是与花草树木融为一体的一个自然景观。那日下午，树林里清风习习，满塘荷花随风摇曳着，我和小三子坐在柔软的草地上，背靠着大树，脚边放着"下酒菜"——纸袋里装着的二两"小徽子"。他一口、我一口，传过来、递过去，我俩喝着倒在小盐水瓶里的不多的酒，先是试探性地抿了一小口，有点辣，但没有想象的厉害。就着又脆又甜的"小徽子"，边抿边咂，渐渐来了酒劲，浑身燥热起来，看着不远处摇曳的荷花，眼前所有的景物似乎都在晃动着。

小三子满脸通红，四仰八叉地躺在草地上，问他什么感觉，他说浑身软绵绵的。我忽然"文思涌动"，朝着天空大叫道："小三子，拿钱买徽子，回家挨板子！"小三子坐起来反击说："你也不要神气。你爸爸发现酒少了，看不揍你一顿！"我手舞足蹈地高喊："我——不——怕！"我确实不怕，因为我坚信父亲发现不了，一"瘪壶"两斤多酒，每次偷偷倒一点，少个二三两看不出来。我心里有底。

傍晚时分，夏日的"火烧云"上来了，天空红彤彤的，霞光万丈。倦鸟归林，我们也该回家了。回家的路上，我觉得两腿轻飘飘的，似腾云驾雾一般，心情特别愉悦，看到什么都有着无法形容的美好。说句老实话，那感觉真好。

或许是千年来的传承，也可能是受一种特定文化的熏陶，从古至今，中国男人一辈子滴酒不沾的恐怕极少。我对酒的概念，或者说生发对酒初始的向往，是来自于父亲和《水浒传》。

父亲喜欢喝酒。我小时候最深刻的景象是：夏天的傍晚，家门口的刺槐树下，小方桌上一双筷子、一只酒杯、一个咸鸭蛋、一"瘪壶"散装酒，父亲悠然自得地坐在小竹椅上，抿一口酒，搭一口流油的咸鸭蛋。父亲每顿喝不多，二三两的样子，没什么下酒的菜，酒也是低档的瓜干酒，但父亲总是喝得有滋有味、不急不慌，很有仪式感，高兴时还会哼上几句样板戏。后来我才知道，父亲并不好酒，因工作是很重的体力活，一天干下来很累，晚上喝点酒消消乏、杠杠劲，睡个好觉，第二天便有了好精神。那年月收入很低，家家都是省吃俭用地过日子，我家更是艰难，母亲没有工作，哥哥和我年幼，整个家就靠父亲一人撑着。父亲乐观、豁达，无论多么苦、怎么难，都不往心里去，每晚依旧小酌几杯，带着些许醉意酣畅入睡，翌日早早地起床，拉起板车出去寻活挣钱，每天如此，从未有过愁眉苦脸的样子。

我平生第一次看的"大部头"的书是《水浒传》，一捧起这部章回小说，当时还是小学三年级的我，瞬间被深深吸引。虽然识字还不是很多，却如饥似渴地读着，不认得的字、不懂的一些情节，也不作深究，常常是连估带猜地一看而过。看完后，"酒"在脑海中留下了深深的烙印。书中从头自尾都散着酒气、飘着酒香，吃大块的肉，喝大碗的酒，最觉豪气的是好汉们在店里的一声大喊："小二，上一坛好酒，切大盘牛肉，快快上来！"每每看到此处，觉得甚是带劲、过瘾，心里隐隐生出几分念想。

有时想，父亲喝酒和梁山好汉喝酒有什么不同呢？都是喝酒，父亲喝的是平淡平凡的生活，喝的是人间烟火，图的是自得其乐；梁山好汉喝的是重情重义的气节，喝的是侠骨豪情，信奉的是"路见不平一声吼"。

思来想去，尤其是有了一些人生经历后，还是觉得父亲喝酒喝得完美，每次量不多，自斟自饮，慢慢地品味，小酒微醺，恰到好处，喝出了乐趣，喝出了境界，喝出了一种从容的生活态度。

生活中离不开酒。有人说，酒是个好东西，也是个坏东西。其实酒本身无所谓好坏，好坏取决于喝酒的人。超越自身酒量，喝得酩酊大醉，误事、乱性、出洋相，如此之酒无疑是"坏东西"。少饮一些，能喝半斤喝三两，不喝满、留点量，小酒怡情，喝得舒服，这样的酒应是"好东西"。

《菜根谭》中说："花看半开，酒饮微醺，此中大有佳趣。若至烂漫酕醄，便成恶境矣。"此种状态，梁实秋先生称之为"最令人低徊的境界"。

我第一次偷着喝酒时生发的快乐，或许正是小酒微醺的感觉。如此美妙感觉，此后再无感受。诺奖得主莫言小时候也曾偷过酒喝，他在"我与酒"中写道："小时候偷酒喝时，心中念念地盼望着，何时能痛痛快快地喝一次呢？"老百姓生活水平提高后，他每次回故乡都有赴不完的酒宴，"每赴一次宴，差不多就要被人扶回来"。逢喝必醉，胃病发作，他渐渐对酒厌恶，有一段时间干脆不喝了，他说，"我再也不想去官家的酒场上逞英雄了"。他最近又开始饮酒，不过是"把它当成一种药，里面胡乱泡上一些中药，每日一小杯，慢慢地啜"。

每日一小杯，慢慢地啜，这才是真实、自然的生活，这样的生活看似简单、平常，却蕴含着深刻的人生哲学。

中国传统文化讲究中庸之道，忌讳太满、太盛，认为物极必反，圆满和极致并不是吉祥的状态。禅宗极为推崇"花未全开月未圆"的人生境界。花全开，则开始凋谢；月全圆，则开始残缺。人生也是如此，到达巅峰之后，接着就走下坡路了。

花看半开，酒饮微醺，是最好的感觉、最美的状态。做人做事可于小酒微醺的况味中受些启发。

（写于 2018 年 3 月 8 日）

那山那水那军营

要说名山大刹，什么雄的、险的、秀的，老朱不敢说全都领略，倒也见识不少。有一座山，永远耸立在老朱的心地上。它是秦岭山脉的一个支峰，山势并不伟岸，山名也不响亮，叫西涧峪。

这世上有着太多的水，奔腾着的，蜿蜒着的，平静着的，不同的河水呈出不同的风情。有一条河，始终流淌在老朱的梦乡里。它从西涧峪流出，一路唱着欢快的歌，汩汩流向远方。这条河叫赤水河（此河在陕西省渭南市华州区境内，非贵州遵义之赤水河）。

西涧峪，赤水河，一片军营依着这山、傍着这水。军营红墙黛瓦，排列整齐，卫兵把守着车炮场和弹药库，透着几分威严和神秘。

在这山水间，在这军营里，一群热血男儿度过了一段难忘时光。老朱是其中的一位。他们当时十七八岁，刚刚高中毕业，带着对军营的向往，带着对军人的崇拜，穿上军装，从鱼米之乡来到秦岭山下，将人生最富激情的诗行，留给了那座山，留给了那条河，更留给了那片军营。

不妨让时光倒流一下。时光其实是可以返回的。人生最高的境界，是让时光随着自身的心境来回走动——可以向前，亦可以后退。也就是说，时光是掌握在自己手中的。老朱把时光拽了拽，拽回到1979年的12月初。

句容，邻近省城南京，当时县城人口不足一万，在这座县城的唯一——所省立中学，当年就有四分之一的高中毕业生"投笔从戎"。

那时，真的是"一人当兵，全家光荣"。一个再不起眼、再普通不过的家庭，只要有孩子参了军，很快会赢得全社会的尊敬，而且十分真诚，发自内心。老朱记得，他被批准入伍后，居委会是敲锣打鼓上门祝贺的，一家人很是风光，惹得隔壁邻居羡慕不已。

县革命委员会为当年入伍的新兵举办了专场欢送晚会。县领导出席并讲话，新兵代表上台发言，而后是丰富多彩的文艺节目。一首声情并茂的《再见吧，妈妈》，让那批新兵和他们的妈妈们禁不住地"悄悄流泪"。多年后，无论何时何地，这批兵也包括老朱，听到或唱起这支歌，总会不由自主地进入一种情景，既有着热血沸腾，也有着淡淡的离愁别意。

十七八岁，亢奋的年龄，火热的青春。这批生长在县城，没吃过什么苦的年轻人，憧憬着，兴奋着。他们这一代人崇敬军人，打小就渴望成为一名光荣的解放军战士，如今理想变成现实，他们怎能不激动呢？而且接兵的首长说他们的部队驻扎在西安，西安可是古城，是大都市呀！在西安当兵，那是何等的荣光啊！和大家一样，老朱这几天总是喜滋滋的，想必睡梦中也露出了甜美的微笑。

恐怕很少有人坐过黑色的闷罐火车，要说坐过，一定是当过兵的，即使是当兵的，平生也只坐一次——新兵入伍、集中运送。老朱他们在闷罐车里待了三天两夜，一路枯燥、昏然。但因向往着西安，觉得那里有着很多美好的事物，想着美好的事物，就不觉得乏味，身处漆黑的车厢，他们的心中仍是亮堂堂的。

老朱他们一辈子也忘不掉那个初冬的傍晚。不是说到西安吗？怎么在这前不靠村、后不靠店的不知名的小站下车了？黄土，高坡，半边盖的土屋，天是灰的，地是荒的，这是什么地方呀？没等新兵们问个究竟，十几辆军用卡车急匆匆地拉着他们朝着山的方向驶去。

一路无语。军车在凹凸不平的土路上颠簸前行。愈往里走，老朱他们的心愈凉。他们一脸茫然，他们不知所措，他们饥肠辘辘。有人在想，第一天到部队，天又这么黑了，应该有好的招待。常理是这样，但事情往往不按常理来。他们怎么想都想不到，等待他们的"美味佳肴"就是几大铁盆的"面片"。有人叽咕起来："就吃这个？"一位老兵接过话说："就这个你们今后想吃还吃不到哩。"

确实，这顿"面片"是最好的一餐。三个月的新兵整训，住的是破旧的窑洞，吃的是窝头、发糕，喝的是玉米糊糊，从早到晚就是队列训练，稍息、立正、左右转，起步、跑步、正步走。训练中稍有差错，就要遭到班长的训斥，有时还会被踢一脚。老朱他们从未吃过这样的苦，也从未受过如此严厉的约束，简直崩溃了。说来也怪，就这三个月九十天，老朱他们彻底变了样，浑身上下通透着刚毅和血性。此时，他们方才明白：真正的军人锻造于新兵连。

部队远离集镇，周边老乡还很贫穷，最丰富的是柿子树，遍地都是，结的柿子不值钱，可以随便采摘。柿树一岁一枯荣。整整三年，老朱他们与山为伴，与水为邻，在那片红墙黛瓦的军营里，同来自全国各地的战友们朝夕共处，有时苦闷，有时疲惫，有时真想喝场大酒，醉倒在山水间，可不仅军纪不允许，也没那么多的钱。他们只能抽烟，每月7元钱的津贴大多买了香烟。烟和家乡的来信，成为他们的"精神鸦片"。

老朱他们是军人，是战士，是军营男子汉，有侠骨亦有柔情。他们曾经哭过，动情地哭过。那天晚饭前，天色渐渐发暗，西风裹着深冬的寒冷恣意地袭向凋敝的大地。这是下雪的前兆。果然，晚饭后大雪纷飞，西涧峪很快披上厚厚的银装，大地一片洁白。老朱和几个打小一块长大的铁哥们在雪地里漫无目的地走着，谈着各自受的苦，忆着在家时的美好光景。走着、说着，说着、走着，渐渐没有了言语，"相顾无言，唯有泪千行"。想到家，想到父母，他们的情感闸门一下打开，干脆躺倒，融进雪地里，任泪水流淌。白茫茫，静悄悄。雪花洋洋洒洒，飘然落下，压在地平线上，也压在他们几个的身上，哽咽中有了几分雪色的悲情浪漫。

赤水河日夜不息地流着，流经军营，把一路前行的艰辛，唱成叮咚的歌。河水滋润着军营，涵养着军营的兵。老朱他们喜爱这条河，与潺潺流水亲密无间。

每年开春，河水唤醒了两岸无数的绿茵，也启开了老朱他们沉寂一冬的美妙幻想。盛夏，清澈的河水洗浴着他们健壮的身体，击溅起的水花，亲吻着他们敞开的透亮的胸怀。

仲秋时节，"明月松间照，清泉石上流"，他们在河边、在月光下遥望家乡，思恋着心中的她。冬日的深夜，伴着河水，听着水声，他们站岗便不再惧怕，也不感到阴冷。记不清有多少回，河水带着一路风景，带着远方的来信，在老朱他们的梦乡里生发出诗情画意。

"铁打的营盘，流水的兵。"每年老兵走、新兵来，虽是常态，却有着不尽的惜别之情。几年相处，同吃同住同训练，结下深深、浓浓的战友情。相识是缘，今日一别，不知何年再见。

老朱他们感恩那座山，感恩那条河，感恩军队这所大学校。三年，在这片军营里，他们得到磨炼，得以成长，人生之路因当兵经历而改变走向。

当过兵的人从未后悔过，后悔的往往是那些没当过兵的。那山那水那军营，是老朱他们一辈子的念想和引以为荣的话题。

（写于 2017 年 8 月 9 日）

一封家书

　　周末在家整理书房，无意间抖落出一封信。信，夹在一本厚厚的书中，没有信封，纸已发黄，折叠得齐齐整整。我小心地打开，一行又一行熟悉的字迹扑面而来，这是父亲的字迹，是父亲三十多年前写给我的信。

　　我高中一毕业就去当了兵。军营驻扎在陕西华县（今华州区）的秦岭山下，离家有千里之遥，条件十分艰苦。也许是参军时年龄还小，或许是从未出过远门，父亲对我总是放心不下，经常给我写信，告诉我家中的情况和家乡的变化，让我不要想家，在部队好好干，听首长的话。家书抵万金。固守在穷乡僻壤的山沟里，除了训练还是训练，生活单调、乏味，如此状况下，亲人的来信成为我和战友们每天翘首以待的精神慰藉。这不，每天见到通讯员从营部取报纸回来，战友们就会一窝蜂地围上去，急切地询问有没有自己的信件。拿到信的，一边走一边忙不迭地撕开信封，找一个僻静处，如饥似渴地读起来。没收到信的，难免有些失落，觉得心里空荡荡的。

　　父亲的来信通常不长，每次大多是两三页纸。我总嫌短，几眼就看完了，有着不过瘾的感觉。其实父亲已下了最大功夫，对于只有初小文化的他，每次给我写信都是很吃力的，有些字不会写，还得请教有文化的人。父亲的每封来信均没有标点符号，字写得很大，且有不少的错字、白字。我看父亲的信经常是连估带猜，明白个大体意思。正因如此，我极其珍惜父亲的来信，每封来信总要反复看上几遍，生怕漏掉一个字，有时真的是把整封信吞下去了，然后再细细地一字一句地品味，琢磨一些做人做事的道理。

父亲的信在我的记忆中进进出出，大概算一算，三年里应有五六十封了。遗憾的是，几经搬家，父亲的信也不知流落何方。书房里偶然发现的这封家书，于我而言，如获至宝。

我突然想，父亲与我书信来来回回，缘何只有此信在几十年后与我再次见面？想来想去，就一个答案：是九泉之下的父亲，留给我的一个念想。

这封家书写于1981年6月16日，再确切一点，是6月16日的中午。父亲在县城的一个集体企业工作，是个实在人，平时话也不多，这封信也没有什么特别之处，只是告诉我，他的大儿子、我的哥哥从乡下调回县城工作了，在新的单位表现很好，奖金是全额的；再告诉我，家门口的烂泥路已经修成了宽宽长长的柏油路；最后依然是那句话："不要远念，祝你的工作前进！"

父亲的书信如同他的为人，平实，乐观，向上。信里没有什么大道理，他也讲不出什么大道理，可我总是企盼着父亲的来信，也总是认真地回复着父亲的每封来信。

绿色军营的三年，血气方刚的岁月。父亲的来信，这一封又一封的家书，抚平了我的思乡之情，催着我不断地向前走。

　　还有几天就是清明了，父亲与我阴阳两隔。想想，父亲已长眠地下二十七年，如活着，应是九十四岁了。今年，我要带着这封家书去扫墓，告诉父亲：我们一切都好！

（写于 2017 年 4 月 1 日）

苦　钱

　　昨夜梦见母亲。梦中，母亲满头银发，笑容可掬，迎着灿烂的阳光，行走在绿荫掩映的山路上。路边溪水潺潺，鲜花盛开。那场景甚为美曼，宛如仙境。我在远处大声叫唤着，急切地奔跑着，想赶上母亲，同她一道前行。可总是喊不出声，也跑不起来，只得眼睁睁地看着母亲飘然而去。

　　很是着急。一急，梦醒。泪湿枕巾。

　　时光如流水。一眨眼工夫，母亲辞世已八年。2008 年 6月 28 日凌晨，她老人家永远闭上了双眼，在我们一路走好的祈祷中，去了另一个世界。

　　父亲去世早，母亲再这么一走，我突然有种找不到家的感觉。父母在就是家，这个家是安魂入梦的地方，再穷再苦也温暖。如今，家一下子散了，我有着莫名的孤单。

　　这些年，时常想起母亲，也会时常在梦中与母亲相见。每每想起，每每梦后，总是情不自禁，眼眶盈满泪水，心里阵阵酸楚。母亲劳碌一生，节俭一辈子，全身心地操劳着一家的生计，她没过上几天好日子，待到家境好转，可以享清福了，她老人家却走了。

　　母亲大字不识一个，也没有工作，是个典型的家庭主妇。父亲长期身体不好，拿着很低的工资，却需要很好的营养。在那个物质匮乏、普遍贫困的年代，我们家的生活显得异常艰难。其实母亲是有过工作的，只是儿女心太重，放不下年幼的哥哥和我，辞了工作在家照看两个儿子，以后也有多次工作的机会，都因舍不得我们而放弃了。

"苦钱"是母亲常挂在嘴边的话。小时候，听母亲说苦钱，印象最深的是"没办法，要苦钱的"和"不苦，钱从哪里来"这两句。当时不解其意，甚至有些懵懵懂懂，心想钱怎么是苦的呢。长大后渐渐明白，一个"苦"字道尽了挣钱的艰辛。

"苦钱"是江淮一带的方言，意为挣钱不易，需要付出辛劳。但将"苦"字置于"钱"之前，"苦"便成了动词，这样，"辛苦地挣钱"则更形象，也更有内涵。我有时想，创造这一精炼词语的一定不是什么达官贵人，文人墨客也想不出，他们没这个经历和感受，唯有吃苦受累的最底层的人，才有最深刻的体味。卑贱者往往是最聪明的，也往往最有发言权。

在我的记忆中，母亲是很能吃苦的。为了全家不挨饿，为了父亲的身体，母亲整天起早贪黑，忙里忙外。只要有挣钱的机会，哪怕是再苦再累再艰难的事，她都不会放过。那些年，母亲拉过板车，摆过小摊，为别人家洗过衣被，在建筑工地打过零工……她不间断地挥洒着汗水，消耗着体力，一点一点地积攒着，以瘦矮的身躯支撑着这个贫寒的家。

在那艰辛的岁月里，母亲如一头负重前行的老牛，尽管担子很沉，却一刻不息，一步一步地踩实着向前走，表现出常人难以想象的耐力和韧劲。有一个阶段，应是三年困难时期，家里连续几天没米下锅，为了填饱肚子，母亲和父亲每天天刚亮就赶着出门，带着扁担、砍刀、草绳和几个山芋，徒步近50华里，去亭子山区砍柴，砍好后，百把斤一捆，母亲和父亲各背一捆，急急地向家走，要赶在天黑前回到县城，把柴卖出去，换几个买米的钱。一路上，渴了，捧喝一口塘里的水；饿了，就咬一口山芋。父亲身体不好，走走歇歇，母亲先到家后卸下柴火，还得回头去迎父亲，把压在父亲肩上的担子接过来。远路无轻担。百余里的路，百把斤重的分量，而且"饥肠辘辘响如鼓"，现在想想都很可怕，甚至不可思议，而我的母亲，这位普普通通的女性，却凭着坚强的毅力一路走了过来。

母亲很是节俭，对吃和穿从不讲究。过去困难时，有点吃的，她总是先尽着父亲和我们兄弟俩，自己则经常吃不饱穿不暖。条件好一些后，母亲还是老习惯，始终省吃俭用，一分钱要掰成两半花。母亲去世时，没有经济来源的她，竟然给我们留下了四万多块钱。这些钱大多是我和妻子平时给她的生活费和零花钱，可她舍不得用，不是存进银行，就是藏在只有她知道的地方。妻子多次劝说她想开一些，不要太省，她总是说日子比过去好多了。

母亲对钱看得比较重，总觉得手头上有些钱心里踏实。他们这一辈的，很多人都是如此。这不奇怪，母亲尝尽了过往没钱受窘的滋味，穷怕了。母亲不识字却很识事，常对我们说，钱要自己苦，不要指望别人，更不能搞歪门邪道。我当了干部后，她一见到我就告诫："钱上分明大丈夫，一定要清清白白地做人做事。"

苦钱，母亲苦钱苦了大半辈子，双手粗糙，脸上布满了皱纹，深深的纹沟里刻勒着吃苦耐劳的辛酸。苦钱是光荣的，母亲是伟大的。现在形势变了，条件好了，还是要讲苦钱。丢了苦钱，就是丢了精神传承，忘了本来和初心。

今年母亲节那天，我曾想给母亲写封信，问问她在那边好不好。想对她说，不要再苦自己了，该吃的吃，该穿的穿，该玩的玩，在天堂里潇洒走一回。

（写于 2016 年 12 月 16 日）

白 兰 花

妻子爱花。一有空闲就在小院里忙碌着，花花草草被她侍弄得活色生香。从第一缕春风吹开带着些许寒意的迎春花，一年中多半时间，小院里繁花似锦，姹紫嫣红。

小院的西南角，挺拔着一株盆栽的白兰，个头不高，青枝绿叶。因紧挨着一丛翠竹，白兰时常被竹叶掩映，不甚显眼。三年前，妻子将其从花鸟市场购回，朝角落里一放，似乎就没怎么打理，只是过冬时将其挪至家中，等春天一到，天气渐暖，它又迁回角落里。好在这株白兰很是坚韧，也不计较主人的态度，任凭风吹雨打，自己寂寞地生长。待到开花时节，照例不甘落后，合着时令，一步一步地，静静地开着洁白的花，向着主人，向着小院，向着大地，吐着幽幽的清香。

每见白兰花开，总会想起二姐。

二姐是我二伯父家的女儿。二伯父家三个女儿，没有男丁，而我父亲这边两个儿子，缺少女孩。两家紧邻相住，虽是堂房姐弟，却如亲的一般。常言道："一龙生九子，九子不同样。"三个堂姐，亦是各有特点。大姐能干会讲，刷刷刮刮，风风火火，是那种"嘴一张，手一双"的人。小姐长得漂亮，爱好体育，喜欢打篮球。二姐朴实，话不多，肤色很好，水灵灵的，大人们夸她的皮肤"雪白粉嫩"。

二姐长我十岁。儿时的我很是调皮，时常惹是生非。大姐忙里忙外，顾不上我，小姐则对我不理不睬，唯有二姐带着我玩，带着我去赶庙会，带着我躲猫猫，带着我走很远的路去看露天电影。印象里，二姐喜爱白兰花。夏天，将花或别在胸前，或夹在发间，浑身散发着清香。傍晚时分，二姐会为我烧水洗澡，澡后，在我身上扑上一通痱子粉，使我如在面粉堆里滚了一圈，瞬间成为一只"小白兔"。有时，二姐还会突然胳肢我两下，我躲闪不及的样子，引得二姐忍俊不禁。太阳渐渐西沉，天边的晚霞绚丽多彩，这时，二姐会带着我坐在屋前的老刺槐树下，二姐看着书，我看着二姐，等着大人们的归来。五彩的霞光里，遒劲的刺槐下，二姐静静地读着书，发间的白兰花，散发着幽幽的清香。温馨、从容，静美、幽香。这一幕，一直定格于我的脑海。

二姐命运多舛，人生之路走得不顺畅。二十世纪六十年代末，随着"上山下乡"的大潮，十八岁的二姐拎着简单行李，插队落户于城郊的三里井大队梅家边生产队。一年后，二姐，一个城里姑娘变成了地道的农民，耕地、锄草、插秧、挑粪，农活样样拿得起。但也很怪，二姐风里来雨里去的，就是晒不黑，肤色还是"雪白粉嫩"，和"贫下中农"们在一起，依旧有着城里人的气质，一看就与众不同。

又一年后，二姐成为生产队长的老婆。二姐夫长二姐九岁，家境贫寒，小学文化，长相也摆不上台面，除了人忠厚，有一把好力气，啥也没有。对这门亲事，很多人想不通，家里人也反对，都认为俩人极不般配。最终还是二姐的叔父、我的父亲一锤定音，说："结婚过日子，关键是要人好，其他无所谓！"这句话，让二姐夫对我父亲感激了一辈子，也对老人家毕恭毕敬了一辈子。

婚后，二姐夫对二姐百般呵护，苦活、脏活、累活一人包下，二姐相继生下两个儿子，日子虽然艰辛，一家人却也其乐融融。二姐依旧喜爱白兰花，在屋前种了一棵白兰，每年白兰花开，就会给我们带来许多。整个夏天，我们家都弥漫着白兰花的清香，很多时候，我是闻着枕边的白兰花进入梦乡的。

二姐在农村整整生活、劳作十年。返城后，分在县里的油米厂工作，姐夫也随其进城，因是农村户口，只得在厂里做一些搬运、扛包的体力活。两口子起早贪黑、省吃俭用，辛苦料理着进城后的新生活。渐渐，孩子长大，成家立业，日子也好过了很多，二姐脸上有了舒心的笑容。然而天有不测，造化弄人。少年丧父、中年丧夫、老年丧子，人生三大悲事，二姐不幸占了两个。二姐夫二十多年前因病去世，二姐悲痛欲绝；半年前，二姐不满四十岁的小儿子患肝癌医治无效离世，我和妻子去吊唁时，二姐抱着我哭道："兄弟呀，我的命怎么这么苦啊！"

"一切都会过去的，一切都会好起来。"我反复用这两句话安慰着二姐。其实，我自己也想不明白，无常世事缘何盯着二姐？二姐朴实、善良、心眼好，按理，好人应有好报，而现实却是如此无情。这是命所致，还是运所致？如是命所致，只得听天由命，无法改变；若是运所致，只是时运不济，定会否极泰来。我相信，二姐的命是好的，这是确定

— 138 —

的，而不确定的运，也会向好。

年年岁岁花相似。又到白兰花开时节，又嗅着了那幽幽的清香。我总觉得，二姐就是一株秀美的白兰，是一朵洁白的吐着幽香的白兰花。

妻子说：　"过几天回老家看看二姐，带一些白兰花给她。"

"是的，二姐喜欢白兰花。"我说。

（写于 2016 年 6 月 17 日）

刺槐树下的童年

　　童年原是一生中最美妙的阶段，那时的孩子是一朵花，也是一颗果子，是一片懵懵懂懂的聪明，一种永远不息的活动，一股强烈的欲望。

——巴尔扎克

　　时常梦回童年。在梦里，我驾着一叶扁舟，穿行于青山绿水间，走过岸柳，走过村舍，走过袅袅炊烟；闻见鸟鸣，闻见渔歌，闻见喃喃细语。景美舟轻，顺风顺水，沿途见着壮年、青年和少年，来不及和他们握手问好，轻舟飞驰而过，直抵童年的港湾，从容地泊在老家的码头边。

　　梦中的童年，其场景、其人物、其话语，真真切切，完全是情境再现。尤其那株苍劲的刺槐，在脑海中有着深重的印记，不时地闪现在梦境里。那碧绿的槐叶、洁白的槐花，撩拨着我的心弦，荡出幽幽的乡愁。

　　刺槐，又名洋槐，属落叶乔木。论相貌，它不是树中的伟丈夫，其树干粗糙，"肤色"灰褐，"满脸的褶纹"，树叶根部还长着刺。虽外形不佳，内里却很厚实，木质坚硬，耐磨、抗压，是上等的建筑用材，亦是制作家具的优质原料。对刺槐，民间亦有迷信说法，称刺槐为木中之鬼，可安宅净户、辟邪佑家，阴风不过、外鬼不入。或许受其影响，或许是其易植好养，故无论农村还是城里，刺槐多有栽种，田野上、公园内，房屋边、公路旁，随处可见。

老家屋西的那棵刺槐，自我记事起就已成形，树干粗壮，树冠圆满。父亲说，这树没人栽它，是它自己长出来的。撒什么种开什么花结什么果，这树应是有种子的。可种子哪来的呢？或是鸟儿衔落的，或是风儿吹来的，或是路人的鞋底从乡野上带出的。这棵刺槐，让儿时的我委实想了许多，小小的心田开满了美幻的花。在这棵刺槐下，我洋溢着童真，享受着童趣，度过了一段无邪无忧的时光。

　　父亲是刺槐树下的主人公。夏天，傍晚，父亲喜欢在树下喝酒吃饭，一张小方桌，几把小竹椅，一瓶"二两五"装的"乙种白酒"，一碟小菜，或是一只咸鸭蛋。那年月，物质匮乏，精神饱满。父亲干的是体力活，劳作一天，疲惫不堪。晚饭前喝上几杯，是父亲消除疲劳的唯一方法。他说，累了一天，要杠杠劲。我喜欢看父亲喝酒，看着酒杯端起、放下，放下、端起。"二两五"的酒，父亲要喝上一个钟头，有条有理，有滋有味。我觉得父亲是在品味，品味着生活的酸甜苦辣。渐渐，父亲的脸庞红了；渐渐，父亲的话多了起来；渐渐，酒瓶见底，咸鸭蛋被筷子掏空。不经意间，父亲焕发了容光，在火红的晚霞里，他惬意地点上一支烟，哼起了样板戏。父亲长年累月，以一人之力养活全家。酒，成为他不可或缺的精神食粮，亦是他的力量源泉。刺槐树下的平淡生活、父亲对待生活的态度，都让我至今难忘。

　　母亲不识字，没有工作，是典型的家庭妇女，其任务就是洗衣做饭、照看我们。母亲虽不识字，但却识事，在刺槐树下给我讲了许多人生事理。说到做人，她会说"火要空心，人要忠心"；说到做事，她说不能"吃得灯草，讲得轻巧"；说到交朋友，她会说"跟好学好，跟孬学孬，跟着叫花子学讨"。母亲对我们的爱不声不响，如涓涓细流，静静地流淌。刺槐树下，我经常坐在小凳上，头枕在母亲的怀抱里，享受着母亲替我掏耳朵的幸福。掏耳时，母亲总是神情专注，用火柴棒小心翼翼地在我的耳里采挖着，深浅有序，轻重得当，有着一种奇妙的舒服。刺槐树下，母爱静水深流，荡漾着温馨的涟漪。

刺槐树下场地开阔，自然成为我和小伙伴们撒野任性的阵营，童趣在此展现得淋漓尽致。春天，我们在树下练摔跤，打得难解难分，有时跌得鼻青脸肿，大人们不仅不管不问，甚至还有些赞许。夏天，我们会趁着大人们午休，在树下悄悄集合，商量如何去城河里学游泳。大人们是不准我们下河的，怕我们淹死。有时，我们只得作罢，迅即换一种玩法，用竹竿和面筋，在树下专心致志粘知了。秋天，我们在树下打弹子，打得很起劲、很上瘾，经常为了赢一个好弹子，不惜弄脏衣服，趴在地上瞄半天，才把手中的弹子打出去。冬天，纷纷扬扬的雪花染白大地，刺槐银装素裹，分外妖娆。我们在树下堆雪人、滚雪球、打雪仗，将寒冷天气闹得热气腾腾。

刺槐树下，我走过童年，走过少年。树长高，我长大。1979 年的深秋时节，沧桑遒劲的刺槐树下，十八岁的我穿着崭新的军装，与父母、兄长、堂姐告别，奔赴大西北，投身绿色军营。自那以后，我再也没见着老家屋西的那棵刺槐。

几十年了，总是忘不了那棵刺槐树。一想起老家，一忆起童年，它就向我走来，在我眼前真切地随风婆娑。

（写于 2016 年 7 月 22 日）

马 槽 巷

古城巷多。句容城内就有着很多条巷子。多到什么程度？告诉你吧，"有名有姓"的就有三四十条，若要加上"转弯抹角"的"无名氏"，会让你记得头昏脑涨，转得眼花缭乱。

巷子多故事就多。寺巷，土巷，轿巷，柴巷，鲜鱼巷，十井巷，南堂巷，宝塔巷……每条巷子都有来历或传说。小时候，常听老辈们讲述巷子的故事。故事里的事，有的是寒窗苦读的，甚是感人，无形间起了励志作用；有的是闹鬼捉妖的，很是惊悚，吓得我们不敢走夜路；有的是神仙显灵的，活灵活现的人和事，叩击着我们稚嫩的心扉，生发出无尽的遐想。

旧时的句容城不大，人也不多。整座城由众多巷子密织而成，街巷贯通，城包容着巷，巷支撑着城。我有时觉得，这个古老的县城，城是空的，巷是实的。

马槽巷是条老巷，是城内几十条老巷中的一条。

马槽巷原名升仙街，街上有座升仙牌坊，传说每年的十二月二日，茅山上的三茅真君驾鹤于此，与众仙相会，笙箫齐鸣，歌舞升平。元至大二年（1309 年），元武宗封绰和尔为句容郡王，王府设在升仙街一带，渐渐地，王府放轿的地方成了轿巷，堆柴的地方叫了柴巷，而喂马的地方则成了马草巷，明代时改为马槽巷，沿用至今。

我家住在十井巷，紧挨着马槽巷。马槽巷是南北朝向，一头连着东大街，一头接着建设路，是条大巷。十井巷是东西朝向，东边邻着轿巷，西边靠着马槽巷，是条百米长、两三米宽的小巷。相比十井巷，马槽巷显得既宽又长，左右还连着南堂巷、北堂巷和褚昌巷，住家多，亦有挂面厂、制鞋社和搬运站三家单位，整日人声鼎沸，颇为热闹。

从十井巷到马槽巷，也就是几步远，我的孩提时代，那一段无忧无虑的岁月，就是在这小巷和大巷中度过的，细想想，更多儿时的记忆，还是定格在马槽巷。

因前身是街之故，马槽巷不是那种幽深的雨巷，也没泛着油光的青石板，均由拳头大小的石块铺就，凹凸不平，走在上面很是硌脚。巷子比较宽敞，二百多米长。站在这头能望见那头，那头喊一声这头听得见，都是熟人熟事，整条巷子亲亲热热的，充溢着温情暖意。

巷子里过去大户人家多，一家一座院落，有点徽派建筑的风格。但它们不叫什么大院，而是称作"门当"，如叶家门当、徐家门当、田家门当等。巷子的最北端就是县城主干——东大街，这是全县的中心。郭家门当是巷头的第一家，门当里栽着两棵无花果树，那年月，无花果无人问津，远不如桃、李、杏那般吸引人。巷头的最南端是蒋家门当，男主人是修钟表的，五十多岁，长得白白胖胖的。女主人姓王，对人十分友善和蔼，我们小孩子都叫她二姑姑，左邻右舍都愿意上她家去玩。仁者寿，二姑姑活到九十岁无疾而终。

大哑巴是我们小孩子最惧怕的人。他是我的一个同学的舅舅，住在马槽巷中端的"冈冈堆"旁，是个哑巴，也是个精神病患者。大哑巴每天在巷子里来回快走着，嘴里发出"啊啊"的声响，谁也听不清他讲的什么，大冬天他也不怕冷，光着上身，在冰天雪地里走来走去，其实，他根本不知冷暖。遇到他，我们都要远远地躲开，生怕他冷不丁地扑向我们。

二十世纪七十年代时，巷子里的卫生有专人负责打扫，他们是一群六七十岁的老人。他们每天起得很早，睡得最迟，用手中的大扫帚把整个巷子打扫得干干净净。他们不是环卫工人，也没有任何报酬，甚至不受人们的待见。他们是"四类分子"，因在旧社会"欺压"过劳苦大众，当时是被管制的对象，进行劳动改造。

时间久了，巷子积淀起独特的巷味，并逐渐弥漫开来。这巷味，是家长里短，是柴米油盐酱醋茶，是家家户户飘出的不同饭菜的香气，是相互间打招呼的问候。嗅着巷味，我们长大。长大后，这巷味成了我们魂牵梦萦的乡愁。

如今，马槽巷还在那里，依旧叫着马槽巷，但巷子彻底变了，变得让我寻不见回家的路。变是好事，几十年了怎能不变呢？可怎么个变法，变成什么，应是大有讲究的。

（写于 2016 年 9 月 30 日）

蟠龙原，明月夜

小姑妈走了，永远地走了。

她是清晨走的，在初秋的蒙蒙细雨中，走完了八十七年的人生旅程，去了另一个世界。还有十来天就是农历八月十五，原以为她能挺一挺，过完中秋节再走的，但还是没能熬过去。不过，走时倒还平静，没有一丝留恋，也没有什么异常，如夜晚入睡一般，很是自然，满脸安详，只是这次是长眠，将不再醒来。

我们家是回族，小姑妈也随了教门，她的后事是按穆斯林的习俗操办的。穆斯林很讲究对亡人的尊重，出殡前，要举行洗礼和殡礼。洗礼，即用温水对亡人进行全身洗浴，洗净后，用白布裹好，以洁净之躯复命归真；殡礼，就是活着的人为亡人向真主集体礼拜祈祷，并规定每个穆斯林都有为亡人举行殡礼的义务。小姑妈的洗礼和殡礼，是在宝鸡市最大的一座清真寺里进行的，古朴、简洁，庄严、肃穆。洗礼后的小姑妈安卧在经盒中，身旁的芭兰香细烟袅袅，散发着特有的幽香。众多的穆斯林肃立在经盒周围，数十位阿訇高声诵念《古兰经》，抑扬顿挫，很有节奏和韵味，其声其音似从天空传来，又像从地上腾空而起，场面不大，却有些震撼。

小姑妈的墓地选在宝鸡市郊的蟠龙原上。蟠龙原连绵起伏，林茂草深，鸟语花香。在此长眠，实是小姑妈修来的福气。小姑妈安葬在蟠龙原的最高处，墓向着南方，让她躺在黄土地里，望着千里之外的家乡，惦记着她出生的那座江南小城。

小姑妈在宝鸡工作、生活了六十多年，把青春献给了大西北，把子女留在了大西北，最终把生命融进了大西北、融进了黄土地。这几年，她总想回老家看看，不知说了多少遍，要去走走家乡的老街小巷，再看看过去的老邻居、老同学，再尝尝自己最喜爱吃的菱角、河虾、糯米饼……作为她的侄儿，我知道，她的心在千里之外，她的根扎在故土。年龄愈大，乡愁愈浓。

我父亲兄弟姐妹八个，小姑妈最小，也是朱家长辈中最后一位离世的。二十世纪五十年代初，小姑妈、小叔父响应国家号召，告别家人，怀着理想，带着激情，踏上西去的列车，来到陕西，投身到建设大西北的热潮中。小姑妈被分配在宝鸡机床厂，小叔父则在咸阳西北国二厂工作，从此，他们在大西北安营扎寨，结婚成家，生儿育女，一年又一年，一岁又一岁，献了青春，献了终身。我小的时候，听父亲说起往事，我简直难以相信，在那遥远的地方，还有我嫡亲的姑妈、叔父，朱家的血脉竟然在大西北繁衍、传承。

或许是和大西北有缘，1979 年年底，我当兵去了陕西，在秦岭山下的军营里磨炼了三年。军营离宝鸡很远，距咸阳却近。父亲对我放心不下，写信给小叔父、小姑妈，让他们去部队看看我。很快，小叔父和小婶来了，带着大包小包的东西，让我兴奋不已。不知何种原因，当兵三年，我与小姑妈一直未能谋面，以后每每谈起，小姑妈总很愧疚，说"应该去看看你的，老是忙得走不开"，我说没事。其实我明白，部队驻在山沟里，十分偏僻，那时交通又不便，去一趟是很不容易的。

从部队退伍工作后，借到陕西出差的机会，去宝鸡看了小姑妈两次。对于我这个远道而来的娘家侄儿，小姑妈格外欢喜，也很重视。她不让我住宾馆，吃住在家里，餐餐都是自己下厨，做她最拿手的面食给我吃。晚上睡觉前，她总是有说不完的话，说的都是过去的事、祖上的事，时常说着说着就泪水涟涟。

十年前，小姑妈回过一次老家。小城的发展和变化，使她萌生叶落归根之念，但宝鸡毕竟有一大家子人，恋着故乡的根，又离不开那一大家。这以后，她思乡、恋乡之情愈发浓烈，多次"夜来幽梦忽还乡"，在梦中回到她的衣胞之地。好在这十来年我们和小姑妈有了一个约定，每年中秋节，晚餐后，我们老家的人都要和她通个电话，问问好、说说话，聊慰她思乡之情。这一天，也是小姑妈精神最好的一天。表哥曾告诉我，通话后，小姑妈总是异常兴奋，几十年前的事情记得清清楚楚，讲得头头是道。

今年中秋，电话依旧，斯人已去。夜晚，我坐在院内的石凳上，沐浴着如辉月光，桂树吐着芬芳，石榴垂挂枝头。望着西北，心中想着蟠龙原，想着长眠于蟠龙原最高处的小姑妈。月光洒满大地，我坐着的这个小院，还有那遥远的蟠龙原，此时月光正好，千里共婵娟。

料得年年伤心处，蟠龙原，明月夜。

（写于 2015 年 10 月 9 日）

第四辑

只留清气满乾坤

——元 · 王冕

　　井冈。古田。延安。沂蒙。太行。一路艰辛，一路血染，一路苦难辉煌。为有牺牲多壮志，敢教日月换新天。你们，是脊梁，是旗帜，是浩然正气，是凛然清气。今朝，盛世美景，如你们所愿。

沂蒙颂

我就是躺在棺材里也忘不了沂蒙山人。他们用小米供养了革命，用小车把革命推过了长江。

——陈毅

沂水，流淌了千万年；蒙山，绵延着八百里。依山傍水的沂蒙人，因此水孕育出一种深情，因这山生发出一种精神。这深情、这精神，汇成浩荡力量，扭转时局，著写历史。

铁 心

铁心，下定决心之意。

听党话、跟党走，沂蒙人是铁了心的，八头骡子也拉不回的那种铁心。

在那至暗的岁月里，兵害、匪患、旱涝，还有猛于虎的苛捐杂税，压得一代又一代的沂蒙人喘不过气、直不起腰。他们犹如行走于风雨交加的茫茫黑夜，在泥泞中苦苦挣扎，期待着天明的曙光，苦盼着走上宽阔的坦途。

共产党人来了，共产党领导的八路军、解放军来了。沂蒙人渐渐觉得，这些人、这支部队跟曾经的官老爷们、各色军装的队伍是完全不同的。他们心里始终装着老百姓，真心为着老百姓，用鲜血和生命保护着老百姓。沂蒙人看得清楚、想得明白，坚定地作出了自己的选择：跟共产党走！

重情重义的沂蒙人说：共产党对咱们好，咱们也得对共产党好！于是，最后一碗米送去做军粮，最后一尺布送去做军装，最后一件老棉袄盖在担架上，最后一个亲骨肉送去上战场。

红　嫂

孟良崮战役中，一位年轻战士因腿骨中弹，昏倒在山崖旁。两位沂蒙大嫂用担架把他抬回家里，一连几日，一勺一勺喂汤水，一遍一遍清洗伤口，直到战士伤好。后来，她们又用独轮车把战士送回到部队。归队的战士说，是沂蒙山给了他第二次生命。

改革开放以后，那位受伤的战士已经身为将军，八次来到沂蒙，来一次寻找一次当年的救命恩人，却均未如愿。最后，一位白发苍苍的大娘说："同志，你不要再找了。像这样的人和事在当年是太多太多了。"

将军感动、感慨，留下墨宝："蒙山高，沂水长；好红嫂，永难忘。"

印象中，有一部感人的戏，叫《红嫂》；记忆中，有一首好听的歌，歌名是《我为亲人熬鸡汤》。来到沂蒙，走进沂南的"沂蒙红嫂纪念馆"，方知：红嫂不是一个人，而是一个敬重的称谓，是对一群伟大女性的敬称。

明德英，抗战时期用乳汁救活八路军伤员，被誉为"沂蒙红嫂第一人"；王换于，她的家是红色堡垒户，1939年秋创办的战时托儿所抚养了42名革命后代；李桂芳，带领32

名妇女跳入凉气袭人的河水中，用她们至柔的肩，扛起一扇扇沉重的门板，坚毅地架起了子弟兵夺取孟良崮战役胜利的"人桥"；还有"拥军妈妈"胡玉萍、"舍子拥军"方兰亭、"永远的新娘"李凤兰……

她们，英雄的红嫂们，大多已离开人世，几位健在的也都已年过九旬。沂水缓缓流淌，似在深情讲述，讲述着她们的故事；蒙山巍峨耸立，似在为她们点赞，点赞她们的精神。共和国不会忘记她们，因为，她们的精神如松柏常青。

涅　槃

临沂，一座古老而年轻的城市，现在是沂蒙老区的政治、经济、文化中心。

这座城市还有一个充满传奇色彩的名字，叫"龟驮凤凰城"。古代四大灵兽龙凤麟龟，临沂坐拥其二。传说，姜子牙封神榜封神时，在临沂被一只老龟所救，姜子牙请老龟一同羽化成仙，但老龟以故土难离为由谢绝，姜子牙于是称临沂"龟在城在"，老龟点点头，顺沂河进入临沂地下，自此有了"龟驮城"的说法。还有传说，春秋时的临沂叫祝邱城，城西的山岭上常有凤凰栖息，故称凤凰岭，祝邱城也被称作凤凰城。龟驮凤凰城由此而来。

其实，拨开神奇和传奇的迷雾，呈现的是一种政治寓意大于神奇传说的古代城市建设格局。

乌龟——性灵、长寿。临沂由龟驮着，千百年历史文化积集，一脉传承，源远流长，成为有历史的古城，有文脉的名城。

凤凰——美丽、吉祥。古老的凤凰城，沐浴着改革开放的春风，涅槃重生，焕发出新的生机和活力。

临沂在发展，更在变化。在临沂走一走、看一看，崭新的市容市貌，市民发自内心洋溢出的笑容，很难想象这是一个老区。因为满眼望去，处处芳草怀烟、墙外见花，恰似江南！

（写于 2019 年 11 月 28 日）

太行三章

红旗渠

青年洞，红旗渠的咽喉。渠水缓缓流淌，穿洞而去。水渠上方的峭壁上，镌刻着原国家主席李先念书写的"山碑"题字。

山碑。山即是碑，碑即是山。

红旗渠是真真实实的一座丰碑。这碑，过去，现在，将来，始终屹立着，永远挺拔着。

这碑，记载着人类征服自然、誓将山河重安排的壮举。面对蜿蜒千余里的"人工天河"，没有人不肃然起敬，从心底里发出由衷的赞叹！

这碑，书写着中国水利史上的奇迹。十万民工苦战十年，劈开太行，引漳入林。千百年来，饱受干旱缺水之苦之痛的林县人民，因红旗渠的建成，有了枯木逢春般的喜悦和幸福。

立于青年洞前，思绪随着渠水流淌，影片《红旗渠》中战天斗地的场景，仿佛就在眼前。

当年，修建这条渠，尤其是在太行山腰修建，谈何容易，甚至是天方夜谭。水源在哪里？资金怎么办？技术难关如何过？

时任县委书记杨贵意志坚定："困难再大，都大不过老百姓没水吃的困难。"

没有水源，去找。县领导带队，分四路人马寻找水源，经过详细的考察，最后决定引漳入林。

钱从哪里来？7000万元，在那个年代可是个天文数字。林县人自有解决的办法，一方面精打细算，一分钱掰作两半花；一方面不等不靠，自己动手：没有工具自己造，没有抬筐自己编，没有炸药自己碾，没有石灰自己烧……

测绘仪器严重缺乏，技术力量严重不足，怎么办？办法只有一个，就是紧紧依靠人民群众，因为群众中蕴藏着无穷的智慧。正是靠着人民群众的聪明才智，实现了科学精神和土法上马的完美结合，成就了这一闻名于世的浩大工程。

十年，整整十万人的风餐露宿，整整十万人的呕心沥血，终于换来了红旗渠汩汩而流的甘泉，世世代代的林县（今林州市）人梦想成真。

为了这个梦想，十万修渠大军一锤一钎苦干十年，他们的信念是：宁愿苦战，也不愿苦熬；宁愿流血，也不愿流泪。

为了这个梦想，有81位同志献出了宝贵的生命，其中最大的61岁，最小的仅有17岁。他们与巍巍太行同在，是老百姓永远供奉在心里的"神"。

为了这个梦想，时任县委书记杨贵不屈压力，不惧风险，不畏流言蜚语，发誓："如果修渠不成功，就从太行山上跳下去，向全县人民谢罪。"

红旗渠是物质的，亦是精神的，如今，其精神意义已远远大于物质意义。

渠水静静流淌，精神生生不息。

谷文昌

有的人死了，却还活着。

算算，您辞世近四十年了。四十年，您工作过的福建省东山县有着太多太大的变化，唯一没变的是，每逢清明、春节等传统节日，当地群众照例是"先祭谷公，再祭祖宗"。

热爱人民的人一定被人民所热爱。在人民心中，您一直活着，您还是那样，深深地热爱着这片土地和这片土地上的人民，而这片土地和这片土地上的人民，也深深地热爱着您。

您是太行的儿子，小时曾逃荒求乞，长大后做过长工、学过打石，受尽苦难。那一年，在山西讨饭六年的您，听说老家林县有了共产党，毅然返回家乡找党，从此走上革命道路。

在福建东山，您曾有过这样的担当：冒天下之大不韪，将所谓的"敌伪家属"改为"兵灾家属"，两字之差，性质迥然；您曾有过这样的揪心：眼看着老百姓吃不饱、穿不暖，没有柴烧、没有水喝，您曾有过这样的誓言："不治服风沙，就让风沙把我埋掉……"

这就是您，心中始终惦记着人民群众的安危冷暖，却唯独装不下自己、顾不到家人。

在您的带领下，数年艰苦奋斗，东山的面貌变了，群众的日子好过了，而您却过早地走了，永远地走了。

老百姓称赞您是好官、清官，是为民干事的官。

在您的身上，有一种精神在闪耀，有一种力量在传承，这就是：坚定不移的理想信念、一心为民的公仆情怀、求真务实的担当精神、艰苦奋斗的优良作风。

石板岩

石板岩，地名，河南林州西北部的一个小镇。

它被崇山峻岭包围。很久以前，这里近乎与世隔绝，百姓砌房建屋只能就地取材，形成独具特色的"石楼""石墙""石板房"。

石板岩：石，板，岩，这地名，令人生畏。由此及彼，想到三个字：冷，硬，贫。

当地民谣曰："山区农民苦难言，出门抬脚就是山。针小难买费力大，百斤山果换斤盐。汗水滴遍赶集路，吃亏受罪到何年。"

或许你不相信，一根扁担改变着这里的一切，石板岩从深山走出，为全国知晓。

石板岩供销社，七十年前在党的领导下，由农民自发开办，白手起家，靠一根扁担艰苦创业，服务山区群众的生产、生活。

七十年，斗转星移，一代又一代的供销人肩挑货担，翻山越岭，走村串户，以一颗红心诠释着为民服务的宗旨，以一副铁肩担负起党和政府联系群众的责任，以一双铁脚板踏平坎坷，送去生活的希望，唤醒一个又一个沉睡的村庄。

这是两个响当当的人物，其绰号更是让人生出几分敬意。一是"硬扁担"李林洹，石板岩供销社创始人之一，第二任主任，他以身作则、实做实干，克己奉公、清正廉洁，当选第三届全国人大代表。一是"爬山虎"杨启祥，每年坚持送货 260 天以上，被授予全国供销系统劳动模范。

一根扁担挑出扁担精神。扁担精神改变着石板岩，一路艰辛走来，这里已不再冷，不再硬，也不再贫，而是充溢着暖，饱含着柔，现出扬着活力的富。

如今，石板岩已入选第二批中国特色小镇。群山环抱着小镇，一条小溪从乡间缓缓流过，人们日出而作，日落而息，宛若世外桃源。

愈来愈多的人来到石板岩，在此处欣赏风光，在此处绘画写生，在此处感受和领悟扁担精神。

（写于 2019 年 5 月 29 日）

脊 梁
——写给井冈的无名烈士

井冈山下，茨坪北山，革命烈士陵园。

一批又一批的后来人，抬着花圈，缓缓拾级而上，走向他们心怀敬仰的神圣殿堂，凭吊长眠在这块红色土地下的先烈们。

两年零四个月，八百四十余天。这历史长河中的短暂一瞬，这艰苦卓绝的井冈山斗争时期，48000多名烈士的鲜血染红了五百里井冈。

也许你不相信，但确是事实：48000多名烈士中，留有姓名的仅有15744人。也就是说，30000余人是无名烈士。

男儿忠贞为国酬，何曾怕断头？为了正义而壮丽的事业，先烈们甘洒热血写春秋。30000余名井冈无名先烈，给历史留下了空白，为春秋染上了色彩。

在吊唁大厅，立于汉白玉的无名碑前，人们无不为之动容，无不感受着一股震撼心灵的力量。

30000人呀！姓啥名谁，无人知晓；家在何方、多大岁数，没人清楚；你们，让多少白发亲娘望穿双眼，又让多少兄弟姐妹牵肠挂肚。

不知你们是怎么牺牲的！也许是在战斗中英勇献身，也许是被俘后从容就义，也许是因病、因伤、因饥寒而永远闭上了双眼。无论是怎么牺牲的，你们拥有着一个共同而光荣的称号——革命烈士。

九泉之下，你们聚在一起，会谈论什么话题呢？

也许会谈论人生的意义。若论人生，你们遗憾了吗？你们都是年轻而有朝气的生命呀，许多人还未尝过爱的滋味，还未享受到家庭的乐趣。

也许会谈论生命的价值。谈及生命，你们后悔了吗？是的，生命诚可贵，谁都会珍爱生命，可你们的生命似流星一般，一闪而过，瞬间归于沉寂。

也许会谈论信仰的力量。说到信仰，你们动摇了吗？"红米饭、南瓜汤，天当被、地当床"，忍饥挨冻，缺医少药，条件和环境异常艰苦；枪林弹雨，冲锋陷阵，每天都在血与火中经历着生与死的考验。你们没有怕苦，苦中作乐，保持着乐观向上的精气神；你们更没有怕死，掩埋好战友的尸体，擦干净身上的血迹继续向前！

这就是你们——井冈的无名烈士。你们死了，却永远活着。你们没有留下什么物质的东西，却留下了宝贵的精神财富。你们是"中国的脊梁"，正是你们这些脊梁式人物，撑起了新中国的大厦。

你们在九泉之下知道吗——中国共产党经过二十八年的浴血奋战，早在 1949 年就成了执政党，建立了新中国，中国人民从此站起来了。

你们在九泉之下知道吗——经过近四十余年改革开放，中国已成为世界第二大经济体，综合国力大大增强，国际地位大大提升。

你们在九泉之下知道吗——中国特色社会主义已进入新时代，以习近平同志为核心的党中央不忘初心，牢记使命，带领全党、全军、全国各族人民进行新的长征，为实现"两个一百年"奋斗目标和中华民族伟大复兴的中国梦而不懈奋斗。

你们放心吧，你们的血没有白流，你们的人生和生命，永远是弥足珍贵的历史教科书。

你们是无名烈士，但你们有一个不朽的名字——中国脊梁。一代又一代的中华儿女，永远对你们顶礼膜拜！

（写于 2017 年 7 月 10 日）

旗 帜

——瞻仰中共"七大"会址有感

延安，杨家岭。

二十世纪三四十年代，党中央和毛泽东在此工作生活了五年。这是一个特殊而又神圣的地方，拥有着太多的荣誉和骄傲。

在这个特殊而又神圣的地方，耸立着一座特别的建筑，它被翠绿的松柏环抱着，建筑的顶部飘扬着一面鲜艳的红旗，蓝天白云下甚是醒目，老远就吸引了人们的眼球。瞻仰者络绎不绝，一批又一批地走进这座建筑，去膜拜开国的伟人，去探寻力量的源泉，去承传红色的基因，去感悟人生的意义。

它，就是著名的中央大礼堂。青砖灰瓦，古朴大气，外形为苏联式建筑风格，内里却是陕北窑洞的石拱结构，外洋内土，中西合璧。它专为召开党的"七大"而建，从设计到竣工仅用了一年时间，建筑全部就地取材，是当年延安唯一的有木梁和木柱的大型建筑物。

正是在这座特别的建筑里，755名中共精英，用了50天的时间，召开了具有里程碑意义的中国共产党第七次全国代表大会。

中国共产党人第一次在自己修建的房子里召开了代表大

会，而更为重大的收获和更为重要的意义，是在自己建的房子里诞生了马克思主义中国化的理论成果——毛泽东思想。

历史选择了毛泽东，中国人民选择了毛泽东，中国共产党人选择了毛泽东。

从党的"一大"到党的"七大"，二十四个年头，这历史长河的一瞬，激荡着我们党苦苦求索的艰辛历程。一路走来，有过迷茫，走过弯路，犯过错误，受过挫折。有的人动摇了，有的人掉队了，有的人脱离了……大浪淘沙，真正的共产党人始终坚定着，不懈奋斗着。

太多的苦难，太多的牺牲，艰辛求索许多年，现在终于找到了自己的领路人，有了符合中国实际的指导思想。

会议期间，礼堂内时常掌声雷动，经久不息，代表们从内心发出对领袖的崇敬、拥护和爱戴。

"在毛泽东的旗帜下胜利前进"，礼堂主席台上方的拱形前额上，书写着这十二个繁体字的大幅标语。这幅标语及礼堂内当年的陈设，经过大半个世纪的风雨洗礼，已不再有当年的光彩，但思想和真理的光辉依然闪烁着。

有了毛泽东这一领导核心，有了毛泽东思想这面旗帜，全党达到了空前的团结和统一，中国革命从胜利走向胜利。

历史的经验和教训一再表明：旗帜就是方向，旗帜就是力量。没有旗帜和核心，我们这个大党、大国、大军就很难有凝聚力、号召力和战斗力。

如今，我们已进入中国特色社会主义新时代。新时代需要新思想，新时代需要高举新旗帜。

习近平新时代中国特色社会主义思想应运而生。这面新的旗帜，指引着中华民族伟大复兴的前进方向。在党的十九大上，这面新的旗帜已高高举起。

作为我们党的最新理论成果，新时代中国特色社会主义思想，是继毛泽东思想、邓小平理论之后，马克思列宁主义同中国实际相结合的第三次历史性飞跃。

进入新时代，立足新起点，全党在习近平的旗帜下奋勇前进，中国特色社会主义一定能展现出强劲的生命力。

（写于 2017 年 10 月 21 日）

铸 魂
——写在瞻仰古田会议会址之时

    这里，是我们党确立思想建党、政治建军原则的地方，是我军政治工作奠基的地方，是新型人民军队定型的地方。

——习近平

    曾经在小学的课文里读到过你，曾经在电视屏幕上多次看到过你，几十年了，你还是亿万人熟悉的那个样子，风采依旧，如一座巍峨的丰碑，屹立于时代之巅。

    你的名字叫古田会议，诞生于二十世纪二十年代末。

    那是一个贫穷的年代，百姓衣不蔽体、食不果腹，民不聊生；那是一个动荡的年代，大地军阀割据、盗匪横行，乱世风云。

    时势造英雄。正是这样的历史背景，使得一个代表劳苦大众利益的先进政党——中国共产党横空出世，使得一支完全为着人民的新型军队——中国工农红军应运而生，使得一位被誉为人民救星的伟大人物——毛泽东脱颖而出。

    然而，这个政党当时毕竟还很"年轻"，这支以农民为主要成分的军队也只是刚刚组建，各种思潮想法混杂，许多问题、毛病涌现。如何清除党内、军内存在的各种非无产阶级思想，如何改变那些单纯军事观点、极端民主化、主观主义、个人主义、盲动主义、流寇主义、绝对平均主义，成为那个时候党和军队最紧迫最重要的任务。

毛泽东的伟大之处，是比常人站得高、看得远、想得深，总是能抓住问题的关键，揭示事物的本质。他深深知道，必须从政治上和思想上解决问题，把党和军队的魂立起来、铸牢固。否则，就担负不起中国伟大革命斗争赋予的任务。

"魂者，器物之统摄也。"人若无魂，无异于行尸走肉。一个政党、一支军队，如果没有科学正确的"灵魂"引领，只能是一盘散沙，很难想象会有很强的凝聚力和战斗力。

缘何美好的种子生长出的枝叶、花朵、果实却不尽美好？为何从相同的起点出发却走上了不同的道路？因素固然很多，但最根本的还是一个"魂"字。这个"魂"就是理想和信念。

思想建党，政治建军，坚持党对军队的绝对领导，正是毛泽东在党内、军内要立起来、铸牢固的魂。

1929 年 12 月 28 日，历史永远铭记这一天。

福建上杭县古田镇溪背村，采眉岭笔架山下，在"廖氏宗祠"这座古朴的院落里，史称"古田会议"的红四军党的第九次代表大会召开。

天空雪花纷飞，渐渐染白古朴宗祠。祠内篝火数堆，寒冷中有了融融暖意。一百多位代表，有的挤坐在长条凳上，有的站着，有的席地而坐，他们认真聆听着，聆听着毛泽东的报告，心中洋溢着温暖，更充满着振奋。

两天会议，最终一致通过毛泽东起草的"大会决议案"，重新选举了前委委员，毛泽东当选为前委书记。

从此，人民军队有了对党的绝对忠诚，有了坚定的理想信念。朱毛红军的历史掀开了崭新的一页。

天有日月星，人有精气神。魂就是人的精气神。一个人的脊梁不是骨头，而是精气神。同样，一支军队的脊梁不是武器，而是军魂，这军魂就是听党指挥、作风优良、能打胜仗。

2014年10月，时隔八十五年之后，史称"新古田会议"的全军政治工作会议在古田召开。

习主席来了，全军四百多位高级将领来了，来到古田，来到笔架山下，来到"古田会议永放光芒"的地方，寻根溯源，深入思考当初是从哪里出发的、为什么出发的。

这是新时代的一次十分重要、非常关键的铸魂行动。

圣地古田，再一次对人民军队的前途和命运产生了重大而深远的影响。

党领导下的人民军队，从古田再出发，向着太阳、向着胜利！

笔架山林木森森，郁郁葱葱，盎然绿色环抱着"古田会议永放光芒"这八个鲜红的大字，十分醒目，在很远的地方就能望见。古田是革命圣地，亦是风景秀丽之地。会址前有百余亩空地，一年四季景不同。春天，菜花烂漫，一片金黄，游人行走在花丛中，但见蜂飞蝶舞、溪水潺潺；夏日，莲叶田田，荷花遍开，可观绿叶扶红、互为映衬之态，可看风起荷动、花浪摇曳之景。

铸立身之魂，坚定理想信念，去古田感悟；赏生态之美，陶冶思想情操，去古田领略。

（写于2017年9月30日）

后　记

　　《寻觅春天的诗行》是我的第三部散文集。第一部《十井巷》，2004 年 5 月由作家出版社出版；第二部《童年记趣》，2007 年 10 月由江苏文艺出版社出版。这部《寻觅春天的诗行》，汇集的是从 2011 年 4 月至 2020 年 2 月这十年间，我在各级报刊上发表过的 43 篇散文，其中 40 篇是我 2015 年 7 月到镇江市政协工作后写的。

　　写作，于我而言，只是业余爱好，或者说是比较喜欢。年轻时也曾有过文学梦，但囿于知识和水平的局限，面对神圣而璀璨的文学殿堂，只能"望洋兴叹"。不过，写了这些年，码了这么多字，倒也有不少收获，譬如，当我去写一篇游记时，眼里是满满的青山绿水、切合情景的唐诗宋词，不时地激荡着我的思绪；再譬如，当我忆及过去难忘而美好的岁月时，那人心之真、人间之善、人生之美，似山涧小溪，在我的血脉里潺潺流淌；还有，当我怀念一位熟悉而值得敬仰的人物时，其音容笑貌、举止言行，不断地在我眼前浮现，虽阴阳两隔，却有着胜似一切的心灵对话……这些都在潜移默化地影响着我，熏陶着我，洗涤着我，渐渐地，眼阔了，心静了，神闲了。

　　十分感谢范小青和蔡永祥两位大家拨冗为拙著作序。范小青大姐是我国著名作家、中国作协全委会委员、江苏省作家协会主席，著作等身，闻名中外。说老实话，我是抱着试试看的心态，冒昧地恳请范大姐为拙著作序，没想到范大姐慨然应允，让我感佩不已。我知道，范大姐作为文坛的领军人物，能为拙著作序，不仅是对我个人的激励，更是对当代文学创作的一种指引和希望。我将按照范大姐序中提出的希望，更加努力地去做。

　　永祥是镇江市作家协会主席，他既是我的老兄，也是我的老师。我们有共同的兴趣和爱好，经常在一起谈论一些写作上的问题，也使得我有机会向他学习和请教。请他作序，题中应有之义，他想推也推不掉。

　　两位大家为拙著作序，使拙著顿时生辉。因此，我要提醒读者，这部集子里最值得一读的文章是集子的序，而不是集子里的散文。

　　四月的江南，春和景明，山花烂漫。古城镇江经过几日斜风细雨的洗涤，愈发清新秀丽，明媚中透出蓬勃生机。虽是夜深人静之时，想着写作的艰辛和快乐，想着一些同志和朋友对这部集子的关心和帮助，心情如沐春风。这时刻，如此美好。

　　　　　　　　　　　　　　　写于 2020 年 4 月 22 日零时 40 分